Mercredi mensonge

Couverture : Olivier Voutch

3, rue Bayard, 75008 Paris
ISBN : 2-7470-1355-3
Dépôt légal : avril 2004

Loi 49-956 du 16 juillet 1949 sur les publications destinées à la jeunesse

Christian Grenier

Mercredi mensonge

MILLEZIME
BAYARD JEUNESSE

Christian Grenier est né à Paris en 1945. Il a publié, en trente ans, quatre-vingt romans dans tous les domaines : SF, policier, fantastique, histoire, mythologie, conte... Ses récits ne peuvent pas toujours être classés dans un genre défini, l'auteur préférant le métissage.
Longtemps enseignant, puis journaliste, scénariste et directeur de collection, Christian Grenier se consacre exclusivement à l'écriture depuis 1990. Il habite dans le Périgord. Il est marié, père de deux enfants et a trois petites-filles.
Si *Mercredi mensonge* n'est pas autobiographique, ce roman se nourrit d'émotions et de souvenirs personnels. Les parents de l'auteur étaient comédiens. Lui-même a vécu quinze ans à Épinay-sur-Seine, près de Deuil.
Visitez son site sur http://www.noosfere.org/grenier

DU MÊME AUTEUR CHEZ BAYARD ÉDITIONS JEUNESSE

Je l'aime, un peu, beaucoup... (2001), coll. « Les romans de Je Bouquine ».
Le visiteur de l'an 2000 (2002), coll. « Les romans de Je Bouquine ».
Urgence (2003), coll. « Les romans de Je Bouquine ».

Chapitre 1

J'aimais beaucoup Papy Constant. Maintenant qu'il est mort, je l'aime davantage encore.

***

Papy Constant était mon grand-père. Il avait quatre-vingt-douze ans. Veuf depuis très longtemps, il habitait Deuil-la-Barre, en banlieue parisienne, dans le minuscule pavillon où il avait élevé papa. Juste avant ma naissance, mes parents avaient acheté près de là un deux-pièces, dans une jolie petite résidence de quatre étages, au milieu d'un parc.

Enfant, quand j'allais chez Papy, j'étais frappée par l'humidité de sa maison, intriguée par l'atmosphère ouatée qu'épaississaient les gros rideaux, fascinée par les innombrables photos d'acteurs épinglées en vrac sur les murs du salon.

Papy avait été souffleur de théâtre et connu ce qu'il appelait une « vie de patachon ». Quand il se sentait en confiance, il la racontait volontiers. Sa voix prenait alors une vibration particulière, ses yeux se mettaient à briller, et j'avais l'impression qu'il interprétait l'un de ces rôles qu'il avait peut-être rêvé de jouer.

Une fois entrée au collège, j'allai voir Papy moins souvent. C'est lui qui venait chez nous, chaque mercredi. Il arrivait à midi pile et ne partait jamais après la demie.

Pendant un an ou deux, ce rituel tacite avait convenu à papa. Puis cette visite hebdomadaire l'irrita. Oh, il adorait son père ! Mais, à cette époque, il avait peu de temps à lui consacrer. Prof de Lettres, il était retourné suivre des cours à l'université. À ses amis étonnés, il répondait en riant :

– À quarante ans, je ne poursuis plus mes études, je les rattrape !

Il venait de passer son doctorat et espérait décrocher un poste de maître de conférence.

Il jonglait avec son emploi du temps et les horaires, obsédé par la nécessité d'être là, le mercredi à midi, pour recevoir son père... Heureusement, ma mère tempérait les exaspérations de papa. Institutrice remplaçante, elle était toujours là pour les urgences, qu'il s'agisse de cours à assurer, d'amis à recevoir à l'improviste ou d'un chagrin à consoler. Quant à moi, je me faisais discrète. Presque transparente. À l'image de mes parents, qui préféraient le non-dit et le *statu quo* aux franches disputes et aux mises au point douloureuses, je restais fermée comme une huître, je m'ouvrais seulement à Jonathan.

Jonathan, j'avais fait sa connaissance en quatrième ; j'étais très attachée à lui. Jonathan était plus que gentil : attentif, tendre, attachant. Il recherchait ma compagnie et, plus d'une fois, il avait été sur le point de m'avouer ses sentiments pour moi. Il m'avait envoyé une carte postale en juillet. Je lui avais répondu, mais depuis un mois et demi j'étais sans nouvelles de lui ; j'étais très impatiente de le retrouver.

Chapitre 2

L'événement qui a bousculé notre vie est survenu début septembre. Nous n'avions pas encore revu Papy, qui avait passé seul juillet et août. Maman était chez le médecin, mon père et moi, au supermarché.

– Toutes les caisses affichent complet ! soupirait-il en poussant notre caddie plein. Quelle heure est-il, Isa ?

À peine les vacances finies, le stress le reprenait. Car le mercredi était le jour traditionnel des courses ; nous n'y allions jamais avant onze heures, comme si papa avait voulu attendre le dernier moment pour avoir de meilleures raisons de rouspéter. Là, bloqué dans la file d'attente, il s'impatientait, trépignait, grommelait :

– Nous aurions dû partir plus tôt ! Papy va arriver.

Enfin, ce fut notre tour. J'entassai les provisions dans les sacs et laissai mon père filer devant. Je venais de traverser l'angle du stade quand j'aperçus, au loin, Papy Constant qui se dirigeait à pas lents vers notre immeuble. En voyant son fils, il s'arrêta, se redressa, sourit, agita sa canne comme pour lui reprocher de se hâter ainsi. Je le trouvai amaigri, voûté et blanchi. Le temps semblait accélérer son action sur lui. Je le rejoignis et embrassai ses joues fripées ; il s'était mal rasé.

– Comme tu es belle et bronzée, Isa ! Dis-moi, tu as encore grandi !

Lui s'était encore tassé.

Avant d'entrer dans le séjour, il nous tendit un sac en plastique :

– Ce sont quelques tomates du jardin.

Elles étaient énormes et molles. Chaque matin, Papy consacrait une demi-heure à son minuscule potager. Il essayait d'arracher les mauvaises herbes et cultivait quelques légumes.

– Attention, elles ne sont pas traitées !

Ce qui signifiait qu'elles se conserveraient mal.

– Nous les mangerons en salade pour déjeuner, promit mon père. Tu ne m'as pas apporté ton linge sale ?

– Oh, Mme Lahout s'en est occupée.

Mme Lahout était l'aide ménagère qui, trois fois par semaine, venait lui faire le ménage et quelques courses.

Papy se laissa tomber dans son fauteuil habituel et lança :

– Merci pour tes trois cartes postales, Vivien. Alors, ces vacances ?...

– Elles sont loin. Depuis hier, je prépare la rentrée !

Papa articulait avec soin, Constant n'entendait plus très bien.

– Vous n'avez pas eu l'occasion de passer par Cherbourg, cette année ?

À chaque rentrée scolaire, Papy posait la question. Il était né et avait vécu dans cette ville ; il en parlait souvent. Mais mes parents ne la connaissaient toujours pas.

– Difficile de *passer par Cherbourg*, bougonna mon père. Un jour, nous t'y emmènerons, c'est promis. Isabelle, tu lui fais son café ?

Le café en question était une méchante poudre dont je versais une cuillerée dans une tasse d'eau bouillante. Papy déjeunait tôt, vers onze heures un quart. Il n'avait jamais réclamé autre chose que cet ersatz ; le jour où je lui avais proposé en douce un vrai café, Papy m'avait répondu à voix basse, presque offusqué : « Oh non, voyons, ce serait du gâchis, je ne bois qu'une si petite tasse... »

– Comment se porte ta maman ? me demanda-t-il entre deux gorgées.

– Bien ! répondit mon père. Marine est chez le médecin, ce matin... Rien de grave ! ajouta-t-il encore plus haut pour prévenir toute autre question. Simple visite de routine !

– Moi, j'ai de plus en plus mal aux vertèbres. Surtout le soir...

Papa me lança un regard de détresse. Il supportait mal que son père se plaigne. Moi, les litanies de Papy concernant sa santé, je les écoutais sans agacement ni impatience ; la fragilité et la discrétion de Constant me poussaient à l'indulgence. En l'occurrence, quand il n'évoquait que ses vertèbres, c'est qu'au fond Papy allait bien. À Cherbourg, pendant l'occupation, un bombardement l'avait enseveli et blessé ; il en avait gardé quelques séquelles.

Il soupira, m'adressa un coup d'œil attristé.

– Je ne verrai donc pas ta maman aujourd'hui. L'an dernier, elle avait cours le mercredi matin. Sais-tu, Vivien, si cette année ?...

– Pas encore. Elle ne connaîtra son emploi du temps que le jour de la prérentrée.

Papa avait l'habitude de couper la parole à son père, de prétendre avoir compris ses questions avant qu'il ait achevé de les poser, de vouloir résoudre tout problème avant qu'il soit formulé.

– Ah, zut ! grommela papa, j'ai oublié de prendre le courrier !

Soulagé d'avoir trouvé un prétexte pour s'éclipser, il fila sur le palier. J'avais glissé un CD dans le lecteur de la chaîne hi-fi. Dès la première mesure, les yeux de Papy brillèrent.

– Mozart, bien sûr ! s'exclama-t-il. Attends. C'est... la *Fantaisie* Köchel 397, n'est-ce pas ? Et au piano, voyons... Wilhelm Kempf ?

– Gagné !

Cela faisait partie du rituel. Chez lui, Papy n'écoutait que du classique, et il avait une adoration pour Mozart. Chaque mercredi, je lui passais l'extrait d'une œuvre, qu'il identifiait en deux secondes.

Mon père réapparut avec une liasse de lettres et de journaux.

– Bonnes nouvelles, Vivien ? fit Constant.

– Comment veux-tu que je le sache ? Je dépouillerai ça tout à l'heure.

J'évitai le nouveau regard irrité que mon père me lança, il voulait me prendre à témoin devant une demande qu'il jugeait ridicule. Mais ce petit jeu me déplaisait, je ne voulais pas avoir à prendre parti.

– Tiens, Isa, une carte postale pour toi.

– Mais c'est Le Caire, n'est-ce pas ? me dit Papy en se levant à demi.

– Oui. L'un de mes copains a passé ses vacances en Égypte.

Soudain, je pris conscience que, cet été, Jonathan m'avait peu écrit ; il m'avait envoyé deux simples cartes postales. Peut-être que je me faisais des idées sur ses sentiments.

– Ah, Le Caire ! reprit Papy, enthousiaste. J'y suis allé en, voyons... en mars 1950 ! Je venais de quitter le théâtre Hébertot pour entrer à la Comédie-Française, nous étions partis en tournée là-bas. Pierre Dux, l'administrateur, m'avait chargé de recruter des figurants sur place : les seize apothicaires de la cérémonie finale de...

– ... du *Malade imaginaire* ! acheva papa. Et tu as eu toutes les peines du monde à les faire répéter. Tu nous as déjà raconté ça cent fois.

Constant baissa le nez ; je me mordis les lèvres pour ne pas protester. Je me contentai de lancer :

– Mais moi, je ne connais pas cette histoire ! Je serais ravie que tu me la racontes !

– Écoute, Papy, dit mon père, je te laisse avec Isa. Je dois ranger les provisions, corriger mes copies et préparer le déjeuner.

– Bien sûr, Vivien, bien sûr. Va ! Je sais que tu es très occupé.

Papa partit dans la cuisine en refrénant son impatience. Chez son père, tout l'agaçait : ses questions, ses remarques, sa manie de boire à petites gorgées, et les soupirs dont il ponctuait des silences qu'on traduisait aisément par : je suis navré d'être encore là, je sais que je bouscule votre quotidien, mais j'essaie d'être discret, je veille à ne pas radoter...

Papy s'apprêtait à parler, mais il regarda la pendule et se leva :

– C'est l'heure, je dois m'en aller.

Mon père réapparut, soudain déconcerté.

C'est au moment des adieux qu'il devenait tout à coup tendre et attentionné.

– Déjà ? bredouilla-t-il. Eh bien... au revoir, Papy !

Il l'embrassait trois ou quatre fois, trop fort. Je suppose qu'à cet instant-là il se sentait coupable et regrettait son exaspération mal dissimulée. Je me sentais alors triste et amère, j'avais l'impression que le malaise n'avait fait qu'empirer et qu'il s'ajouterait à mille malentendus qu'un seul geste, un seul mot auraient pu dissiper. Mais ce geste, ce mot, papa les retenait toujours, par pudeur ou par peur de paraître faible.

– Fais attention à toi, ajoutait-il d'une voix plus douce. Et si tu as besoin de quelque chose, n'hésite pas à téléphoner.

Recommandation inutile : Papy n'appelait jamais. Cela lui aurait pourtant été facile : son poste, muni de gros chiffres, possédait quatre numéros préprogrammés : le nôtre, ceux du médecin, de Mme Lahout et du portable de papa. Mais pour rien au monde il n'aurait voulu déranger.

Papy ajusta la casquette sur son crâne où traînaient trois cheveux gris ; il saisit fermement sa canne.

Chapitre 3

Je l'accompagnai au-dehors. Pendant ce petit parcours de vingt ou trente pas, il avait l'habitude de s'appuyer sur moi, moins pour ne pas trébucher que pour me témoigner sa tendresse et sa complicité muette. Entre nous, les regards étaient plus éloquents que les discours. Et quand je voulais exprimer mon indignation ou ma réprobation vis-à-vis de l'attitude de papa, Constant m'adressait une moue pleine d'autorité et d'indulgence qui signifiait clairement : s'il te plaît, ma petite Isa, ne réagis surtout pas, je sais parfaitement ce que tu penses, mais il faut accepter la façon dont agit ton père. Inutile de le fâcher.

Comme d'habitude, il fit halte sous le vieux saule pleureur qui jaillissait au milieu du trottoir près de l'entrée de notre immeuble.

– Quel arbre magnifique ! Vous avez de la chance.

Chaque mercredi, il faisait la même remarque extasiée.

C'est vrai qu'il était beau, notre saule. Il faisait partie de ma vie. Quand Jonathan me raccompagnait, le soir, après les cours, nous aimions nous attarder à son ombre. C'est là, blotti contre son tronc rugueux, qu'il m'avait pris la main, un soir de l'an dernier. J'avais cru comprendre qu'il m'aimait. Mais il n'avait jamais été plus loin – ni renouvelé son geste. Depuis, je ne pouvais plus passer sous le saule sans que mon cœur batte un peu plus fort. À mes yeux, il était devenu un abri, un ami. Un symbole. Parmi tous les arbres du quartier, il était le dernier à jaunir en novembre et le premier à bourgeonner fin février.

Papy m'embrassa en me serrant fort et longtemps contre lui. Une manière de me dire que j'étais celle qui désormais comptait le plus dans sa vie, un moyen aussi de me faire comprendre qu'il avait peur de me perdre. Il partit et je le suivis du regard. Il marchait droit, sans se retourner, avec une assurance forcée. Quand il se devinait observé, il aimait donner le change en public. Je savais qu'une fois le coin de la rue passé il ralentirait le pas, que son dos redeviendrait voûté.

Revenue dans le séjour, j'aperçus papa qui déchiffrait une lettre. Il sembla ravi, puis perplexe.

– Quelque chose de grave ?

– Non. Oh non, rassure-toi, Isa, au contraire !

C'est alors que maman entra. Rayonnante, elle lança :

– J'ai une grande nouvelle à vous annoncer !

– Moi aussi, dit papa d'une voix si sombre que le sourire de maman s'évanouit. Tiens, ajouta-t-il en lui tendant la lettre. Lis.

Dix secondes plus tard, elle relevait les yeux, radieuse :

– Formidable, Vivien ! C'est bien ce que tu espérais, non ?

Comme il grommelait sans répondre, elle me confia :

– On propose à ton père une place de maître-assistant à Lyon 3 !

Il nous avait détaillé les avantages d'un tel poste : un meilleur salaire, peu d'heures de cours et un passionnant travail de recherche. Adieu, les classes de lycée ; bonjour, les étudiants !

– Je ne peux pas accepter, répondit-il en baissant la tête. Tu me vois, allant de Deuil-la-Barre à Lyon, quatre fois par semaine ?

– Bien sûr que non, admit ma mère en souriant. Nous irons habiter là-bas. Cet appartement, nous pouvons le louer ou le vendre, il nous appartient, nous avons payé la dernière traite il y a six mois.

– D'accord, Marine. Et que fais-tu de Papy Constant ?

Pas un mot sur moi, évidemment. Aux yeux de mes parents, je restais une enfant. Quelqu'un d'irresponsable et de malléable, aussi docile et mobile qu'une valise. Un objet aimable, indispensable mais transportable. Figurante d'un monde que j'observais pour mieux m'en nourrir, je m'arrangeais d'ordinaire pour me fondre dans le décor. Ce jour-là, pour la seconde fois, je faillis me révolter. Ou du moins donner mon avis, leur faire comprendre que, dans quelques jours, j'allais entrer en troisième et, en cas de déménagement, perdre mes habitudes, mes amies. Et surtout Jonathan.

Pourtant, je m'interdis de réagir ; après tout, nous étions loin d'être partis. Mieux valait attendre que le problème se résolve entre eux avant que je ne vienne m'en mêler.

– Au fait, dit maman, Papy est venu ? Comment va-t-il ?

– Comme on peut aller à quatre-vingt-douze ans !

Je crus que la question du déménagement allait être éludée. Mais maman revint à la charge :

– Écoute, Vivien, ce poste est inespéré. Expliquons la situation à ton père et partons vivre à Lyon, il comprendra.

Exaspéré, papa explosa :

– Il comprendra que nous l'abandonnions ? Que nous allions habiter à cinq cents kilomètres d'ici ? Si loin de chez moi... je veux dire : de chez lui ?

– Eh bien, emmenons-le ! fit maman en haussant les épaules. Trouvons-lui là-bas ce qu'il possède ici : un petit chez-soi près de chez nous !

– Impossible, Marine, tu le sais bien : Papy vit dans son pavillon depuis soixante ans. Il ne voudra pas le quitter. Et je le comprends.

Un silence obstiné s'installa, que le crachement lointain de la cocotte-minute interrompit. J'en profitai pour mettre mon petit grain de sel en jetant, l'air de rien :

– Moi, je suis un peu comme Constant, je me plais beaucoup ici.

En réalité, l'image de Jonathan m'obsédait. Partir, c'était le perdre à coup sûr. J'ajoutai :

– Pourquoi papa ne pourrait-il pas travailler à Lyon ? Avec le TGV, c'est presque la banlieue de Paris ! Deux heures de trajet.

Ma mère me lança un regard courroucé, mécontente que sa fille vienne compliquer un peu plus un problème qu'elle s'efforçait de simplifier.

– Tu peux y ajouter deux autres heures, répliqua-t-elle sans me regarder. De Deuil-la-Barre à la gare de Lyon, une heure. Et une autre pour que ton père, arrivé là-bas, rejoigne l'université. Soit quatre heures pour l'aller et autant pour le retour, joli trajet pour la journée !

En fait, c'était à papa qu'elle s'adressait. D'une voix plus douce, elle ajouta :

– Ne te soucie pas, Vivien. Nous allons trouver une solution. On ne va pas l'abandonner, ton père.

– C'est vrai que du côté de ta famille, c'est plus simple ! lança-t-il, un rien acerbe.

Maman était fille unique, elle n'avait connu ni son père ni aucun de ses grands-parents. Sa mère l'avait élevée seule ; après son décès, maman avait interrompu ses études et dû se débrouiller.

– S'il te plaît, Vivien, épargne-moi ta stupide rengaine : « Tout le monde n'a pas la chance d'être orphelin. »

Maman ne comptait pas capituler si vite. Elle s'assit. Un moyen de montrer qu'elle était prête à toutes les transactions.

– Vivien, si nous trouvions un grand appartement à Lyon ? Un cinq-pièces ? Constant pourrait venir habiter là-bas avec nous ?

– Surtout pas !

– Réfléchis. Je suis sûre qu'il ne nous dérangerait pas beaucoup.

Maman était très indulgente avec Papy ; il adorait d'ailleurs sa belle-fille. Mon père, entêté, répliqua :

– Il n'en est pas question ! D'ailleurs, Constant refuserait cette solution.

Il s'assit à son tour, murmura :

– Il va réussir à bloquer ma vie professionnelle ! Mais je ne peux quand même pas l'abandonner.

– Tu exagères. Tu ne vas quasiment jamais le voir. Mme Lahout s'occupe de presque tout.

– Attends, Marine, tu veux dire que je le néglige ?

Le ton et la tension montaient.

– Bien sûr que non. Tiens, et si nous lui proposions une gentille maison de retraite ?... Attends, Vivien : à Lyon, bien sûr ! À deux pas du futur chez-nous ! Non ? D'accord, admettons que je n'aie rien dit.

Une fois, une seule, cette éventualité avait été mentionnée devant Papy. Lui, si conciliant d'ordinaire, avait réagi violemment : « Je veux mourir chez moi. Ce n'est pas un dû, c'est mon droit ! »

– À cet âge, dit sèchement papa, on ne se déracine pas. Souviens-toi de ce qui est arrivé à Tiny.

– Je sais, répondit maman en soupirant. La mort de ton chat t'a traumatisé.

Quand mes parents s'étaient connus, mon père possédait une chatte qu'il adorait, Tiny, avec laquelle il avait grandi. Avant d'épouser maman, il lui aurait déclaré : « Il y a déjà quelqu'un dans ma vie, Marine : un chat. C'est le grand amour de mon enfance. » Une fois marié, il avait emmené

Tiny avec lui. Accoutumée au pavillon et au jardin, la chatte ne cessait de se plaindre, elle s'ennuyait dans l'appartement. La mort dans l'âme, papa s'était résolu à confier l'animal à son père. Mais là-bas, Tiny dépérissait et réclamait son maître... Il n'y avait pas de solution ! Un jour, fuyant du pavillon vers l'appartement – à moins que ce ne fût l'inverse – la chatte fut renversée par une voiture. Elle survécut un mois à ses blessures. Le désespoir de papa fut intense. Et le soulagement de ma mère très grand. Mais la disparition tragique de Tiny restait une blessure mal cicatrisée ; et mon père se jugeait en partie responsable de l'accident qui avait causé sa mort.

– Papy est malade et fragile, reprit papa sans relever l'allusion. Si tu lui enlèves ses habitudes et sa maison, il se peut que tu hâtes sa fin.

Dans cette réponse prononcée sur un ton égal et anodin, un mot me fit brusquement réagir.

– Attendez... Papy est malade ?

Mes parents se consultèrent du regard avec embarras. Finalement, mon père me révéla :

– Oui. L'an dernier, des analyses médicales ont décelé un cancer de la prostate.

J'étais consternée. Stupéfaite. Presque horrifiée.

– Chez les hommes très âgés, c'est fréquent, ajouta papa, comme si cette explication avait valeur de guérison.

– Un cancer ? Et pourquoi ne se fait-il pas opérer ?

– Trop imprudent, trop risqué. Mais tu sais, à cet âge, une telle tumeur évolue lentement. Papy peut vivre encore bien des années !

– Et... sait-il qu'il a un cancer ?

– Non, avoua mon père. À quoi bon l'affoler ? Seuls le médecin, ta mère et moi... et toi maintenant, sommes au courant.

Connaître un secret si grave dont Papy lui-même était exclu me perturbait. Cela me donnait sur lui un pouvoir dont je ne voulais pas. Ainsi, quand on vieillissait, on pouvait ne plus avoir droit aux informations les plus intimes sur soi ? Je bredouillai :

– C'est terrible !

– Mais non, Isa, répliqua mon père, qui se méprenait sur l'objet de ma répulsion. D'abord, il n'en souffre pas. Et puis, il ne mourra sans doute pas de ça.

– Bon ! se résigna maman à court d'arguments. Alors restons ici, en effet. Avertis l'université de

Lyon que tu refuses la place. Dommage, car là-bas j'aurais facilement trouvé un poste.

Mon père semblait déchiré ; il se taisait, réfléchissait, ruminait.

– De toute façon, murmura maman, je crains que nous ne devions bientôt déménager.

– Ah bon ? Et pourquoi donc ?

– Parce que cet appartement va bientôt devenir trop petit, Vivien...

Papa fronça les sourcils. Et maman annonça dans un rire un peu forcé :

– Eh oui ! Voyez-vous, j'attends un bébé.

Chapitre 4

Le jour de la rentrée, j'étais l'une des premières à attendre l'ouverture des grilles du collège. Je vis arriver Jonathan de très loin. Il avait le regard sérieux, perdu, lointain. Soudain, je tressaillis : à côté de lui marchait une fille de mon âge, plutôt jolie... brune, avec de longs cheveux – mais qui portait un horrible pull jaune, ridicule, trois fois trop grand pour elle. Ils discutaient tranquillement. Sa sœur ? Hélas, il n'en avait pas. Mon cœur se mit à battre un peu plus fort. Ils s'arrêtèrent à l'angle de l'avenue. Jonathan ne m'avait pas vue. Face à face, ils parlèrent encore un petit moment. J'aurais donné très cher pour savoir ce qu'ils se disaient ! Enfin, ils se penchèrent l'un vers l'autre et s'embrassèrent. Oh, sur les deux joues. Quatre fois. Mais ce furent autant de coups de poignard.

Tête basse, Jonathan se dirigeait vers le collège. Quand il fut à dix mètres de moi, il releva les yeux et m'aperçut. Son regard alors s'éclaira, il me sourit et pressa le pas. Ce fut un pâle rayon de soleil dans un ciel d'orage. J'étais dévorée par la jalousie, mais je décidai de faire bonne figure. D'afficher une humeur joyeuse et une indifférence qui lui montreraient que je me souciais peu de lui. En réalité, je ressentais le besoin de lui faire mal. Je le trouvai plus séduisant qu'auparavant, ce qui n'allait pas me faciliter la tâche. Comme je m'approchai pour l'embrasser, il se contenta de me prendre la main. Très mauvais signe. Je lui dis sèchement :

– Merci pour ta carte. Alors, tu ne m'as pas oubliée ?

– T'oublier ? Bien sûr que non ! J'avais hâte de rentrer, au contraire. Depuis quelques jours, je pensais beaucoup à toi.

Je me mis à rire, mais cela devait ressembler à un ricanement. J'avais une envie folle de lui désigner le coin de la rue et de lui jeter à la tête que, trois minutes auparavant, il pensait à quelqu'un d'autre. Ah, comme j'aurais voulu le questionner sur la fille qu'il venait de quitter ! Qui était-elle, d'où venait-elle, depuis quand la connaissait-il ? J'aurais aimé qu'il m'en parle le premier.

– C'est vrai ! poursuivit-il, étonné de ma réaction. Tu ne me crois pas ?

Son assurance me troubla. J'étais sûre que Jonathan ne mentait pas. Mentir, il ne savait pas. L'an dernier, cela lui avait joué un méchant tour ; il s'était fait un ennemi juré du prof d'histoire-géo, qui lui avait demandé : « Mon cours ne vous intéresse pas ? »

Contrairement à ma famille, qui respectait les convenances et avait le goût du secret, Jonathan, lui, ne cachait rien, il révélait ce qu'il pensait et ne trichait pas. C'était peut-être l'une des raisons pour lesquelles il m'attirait, je lui enviais cette liberté de ton et d'esprit.

Provocatrice, je lui lançai sur un ton faussement dégagé :

– Oh, tu aurais pu faire la connaissance d'une fille, au mois d'août ! Et comme je n'avais plus de nouvelles de toi...

– Tu sais, Isa, on peut penser à quelqu'un sans lui faire signe. Et voir quelqu'un chaque jour sans jamais lui prêter attention.

À mon avis, il faisait allusion à ses parents. Il m'avait un jour avoué qu'ils avaient divorcé et vécu séparés deux ou trois ans avant de revenir habiter sous le même toit. Mais, depuis, ils vivaient en parfaits étrangers l'un pour l'autre.

– Non, reprit-il. J'ai bien rencontré quelques filles, cet été. De près... mais surtout de loin ! Aucune ne m'a intéressé. Enfin, pas comme toi. Tu comprends ce que je veux dire ?

Il bafouilla, et le rouge qui monta soudain à ses joues me réchauffa le cœur. Oui, je comprenais. Mais j'aurais préféré qu'il trouve de vrais mots. Et me révèle qui était l'inconnue qui l'accompagnait.

Les grilles du collège s'ouvrirent. En consultant la liste des élèves, je notai que nous serions dans deux classes différentes. Il remarqua ma mine désappointée :

– Quelle importance ? Cela ne nous empêchera pas de nous voir. Il nous restera les récréations. Et puis, je te raccompagnerai le soir.

– À condition que nos cours se terminent à la même heure !

Je me souvins de nos fins d'après-midi que nous passions, l'an dernier, de plus en plus près l'un de l'autre. Retrouverions-nous ces moments exceptionnels ? J'avais peur. Peur de perdre quelque chose que je ne possédais pas encore. Peur de n'avoir retrouvé Jonathan que pour le voir soudain s'éloigner de moi.

Je réprimai un sanglot. Sans se soucier des profs et des camarades qui nous entouraient, il me prit dans ses bras.

– Qu'est-ce qu'il y a, Isa ? Qu'est-ce que tu ne me dis pas ?

Je débordais de craintes voilées et de chagrin contenu. La fille inconnue m'obsédait. Mais je préférai justifier autrement mon désarroi.

– Ma mère attend un bébé. Mon père a obtenu un poste à Lyon, et il est question que nous déménagions. Il n'y a plus que mon grand-père qui nous retienne ici. Voilà, Jonathan, ce qu'il y a !

– Qu'importe ! Où que tu ailles, nous ne nous perdrons pas. Rien ne nous séparera.

Il avait le regard fixe et n'eut pas un geste vers moi. Pourtant, son serment me parut plus fort qu'une déclaration d'amour. J'oubliai tous mes ressentiments et caressai ses boucles blondes. Pendant l'été, Jonathan s'était laissé pousser les cheveux, ils retombaient à présent sur ses épaules. Un peu comme les branches de notre saule.

– Rien ? insistai-je un peu perfidement.

– Si, bien sûr : le désamour ou la mort. Mais ni l'un ni l'autre ne nous concernent.

« Désamour ». Je ne savais pas si ce mot existait, mais Jonathan l'utilisait souvent, sûrement à cause de ses parents. Quant à la mort, elle était une échéance floue, lointaine, improbable. C'était le bout d'un chemin qui se perdait à l'infini.

***

À la fin de cette première journée, quand je quittai le collège, Jonathan n'était pas là. Je rentrai en ruminant ma rancœur. Mais quand je passai sous le saule de notre immeuble, une voix familière me héla :

– Isa ? Ma classe a été libérée à quinze heures.

Je me figeai, surprise et comblée. Ainsi, il ne m'avait pas oubliée, il était venu m'attendre ici.

– Tu sais, reprit-il, j'étais impatient, j'avais très envie de...

Il me sourit, embarrassé, ce qui était sa façon de finir des phrases inachevées. Il avait un autre truc pour dissimuler son trouble : changer de sujet de conversation.

– Quel effet cela te fait d'avoir bientôt un petit frère ?

– Ou une sœur. Qui sera de seize ans ma cadette !

Et qui était pour l'instant le cadet de mes soucis.

– Ce bébé, insista-t-il, il était prévu ?

– Je n'en sais rien.

C'était vrai. La nouvelle avait peut-être surpris mes parents. Je détestais le non-dit qui régnait à la maison. Qu'il s'agisse du lieu des vacances, de la date du retour à la maison, ou de ce que nous regarderions à la télévision, tout se passait toujours en douce, dans le secret, la feinte ou l'effraction. Des suggestions étaient lancées et une décision prise, anonyme et à l'improviste. Face au regard étonné de Jonathan, je déclarai :

– Tu sais, pour mettre ce bébé en route, mes parents ne m'ont pas demandé mon avis. Je crois qu'il arrive sans crier gare. Et qu'il va peser dans la balance pour les pousser à déménager.

– Quel rapport ?

– Eh bien, notre appartement va devenir vite trop petit. En tout cas, ma mère est ravie, elle se sent d'un coup rajeunie : un bébé, la promotion de mon père, un projet de départ... Pour elle, c'est l'euphorie, tu comprends ?

– Oui, je vois. Enfin... j'essaie.

Je risquai une explication :

– Ce doit être un accident programmé.

Nous avons discuté un quart d'heure, échangé nos emplois du temps. Sous notre arbre, le soleil jouait à cache-cache, il nous inondait de taches mouvantes qui nous chatouillaient de chaleur. Au-dessus de nous, dans les branches entrelacées, le vent bruissait doucement. J'ignorais que c'était un grand moment. C'est plus tard que je le compris, grâce à l'étrange insistance de ce souvenir.

Pourquoi le bonheur ne se mesure-t-il qu'avec l'éloignement ?

Chapitre 5

Finalement, dès le lendemain, papa passa une petite annonce dans le journal local pour vendre notre appartement. Quand il nous l'annonça au dîner, presque au hasard de la conversation, je bondis.

– Nous allons donc déménager ? Et partir vivre à Lyon, c'est ça ?

– Pas de panique, Isa, s'écria-t-il en haussant les épaules. Nous allons déjà attendre que d'éventuels acheteurs se manifestent. Si personne n'est venu avant la fin du mois, nous mettrons l'affaire entre les mains d'une agence. Ne nous faisons pas d'illusions : on ne vend pas un appartement du jour au lendemain !

– Mais ce poste de maître de conférences ? demandai-je.

– Je l'ai accepté.

Ma mère leva le nez de son assiette pour approuver. Cette décision, ils l'avaient prise ensemble. Mon père, tout en habitant Deuil, allait effectuer ces trajets qu'il redoutait tant, et se rendre à Lyon plusieurs fois par semaine pour y assurer ses cours. Sans doute jusqu'à ce que nous vendions notre appartement.

– Rassure-toi, Isa, reprit-il en voyant ma mine se décomposer, nous n'avons pas encore déménagé !

***

Le mercredi suivant, vers seize heures, un couple se présenta pour visiter notre appartement. Avec leur petite taille, leurs rondeurs et leur sourire perpétuel, M. et Mme Gray auraient pu passer pour frère et sœur. Ils approchaient la soixantaine, et l'on devinait vite chez eux une complicité de vieux couple. Ils apprécièrent le balcon, s'extasièrent devant le box en sous-sol et s'attardèrent dans le parc de la résidence.

Quand ils revinrent boire un café dans le séjour, je pressentis que l'affaire était presque faite.

La veille encore, je me sentais chez moi, dans nos meubles, installée dans un nid douillet et familier. Mais en cette fin d'après-midi ensoleillée, à voir l'air inquisiteur de ces étrangers qui furetaient un peu partout, je me sentis presque chassée. Oui, tout à coup exclue.

Déjà dépossédée.

– Votre appartement nous séduit beaucoup, avoua Mme Gray. Le quartier est calme, la gare proche. Voyez-vous, depuis trente-cinq ans, mon mari et moi travaillons tous deux à Paris dans une banque, rue Lafayette.

Ils travaillaient surtout à tisser un lien entre eux et nous. Quand on commence à sympathiser, la négociation semble plus facile. Mais c'était sans compter avec l'obstination de mon père. Ils nous firent de nombreuses confidences sur leur vie, leur métier, leurs goûts. Une vie calme et régulière, un métier stable de fonctionnaire et des goûts qui relevaient de l'air du temps. C'était là un couple modèle et sans histoire. M. Gray murmura en rougissant :

– Ce qui nous fait reculer, voyez-vous, c'est le prix. Il nous semble élevé pour un deux-pièces.

– Faux, répliqua mon père. Et vous le savez.

M. Gray sursauta, il s'attendait à une tractation moins âpre. Il eut un geste d'apaisement que mon père négligea.

– Vous savez très bien que c'est une affaire. Notre appartement n'est pas le premier que vous visitez, je suppose ?

M. Gray n'eut pas le temps de répondre.

– Nous sommes cependant prêts à vous consentir une forte réduction. En échange d'un petit service.

Je n'y comprenais rien. Du regard, je voulus interroger maman, mais elle fixait le mur d'un air buté. Sans doute était-elle au courant de ce qui se tramait. Du moins j'espérais que mes parents en avaient parlé la veille ensemble. Moi, une fois de plus, j'avais été laissée à l'écart de ces projets.

– Un service ? répétèrent les deux Gray d'une seule voix.

Maman en profita pour filer dans la cuisine en me faisant signe de ne pas bouger. Elle ne voulait pas se faire la complice d'une négociation qu'elle devait pourtant approuver. Papa semblait embarrassé. Privé de son alliée habituelle, il se pencha vers moi pour quémander un appui. J'étais sans réaction. Alors il soupira et se lança tout seul à l'eau :

– Je reconnais que c'est un peu délicat, mais je suis sûr que vous comprendrez... Voilà : il s'agit de me laisser entrer ici une demi-heure, chaque mercredi. Afin que je puisse y recevoir mon père.

Les visiteurs ouvrirent la bouche, mais ils ne dirent pas un mot. Ni l'un ni l'autre n'avait compris ce que papa voulait dire. Alors, il leur expliqua que Constant devrait ignorer que nous avions vendu l'appartement et étions partis vivre loin de lui. Il insista sur l'avantage financier que cet accord entraînerait.

De temps à autre, M. et Mme Gray échangeaient une grimace perplexe. Enfin, mon père se tut pour indiquer que la balle était dans leur camp.

– Qu'en penses-tu, Odette ? fit M. Gray en se tournant vers son épouse. En semaine, nous ne rentrons jamais déjeuner. Et cette visite hebdomadaire nous occasionnerait peu de dérangement.

– Aucun ! assura mon père. Avec votre permission, je laisserai l'une de nos tasses et une boîte de café soluble dans le placard de la cuisine.

Mme Gray leva timidement la main.

– Ce qui me préoccupe, Monsieur, ce n'est pas que votre papa utilise nos tasses à café. C'est qu'il s'aperçoive de la supercherie. Ce serait terrible, comprenez-vous ? Pour lui comme pour nous. N'y a-t-il pas une meilleure solution ? Ne pouvez-vous pas lui dire que ?...

– Non.

Papa marqua un temps avant de répéter :

– Non ! Comme vous vous en doutez, j'ai bien réfléchi au problème. Lui révéler que nous déménageons lui ferait mal, très mal. Il serait convaincu que nous l'abandonnons, que nous désertons la ville où j'ai grandi, que nous l'isolons dans son pavillon. À ses yeux, notre départ serait une trahison.

À part moi, je songeai : de toute façon, c'en est une. C'est même une double perfidie puisque, non contents de partir, nous le lui cacherions.

– S'il sait que nous ne sommes plus à côté de lui, continua mon père, il risque de devenir inquiet. Angoissé. Et, qui sait ? de tomber malade. Les personnes âgées, vous savez, c'est un peu comme les enfants : tant qu'ils se croient sous surveillance, ils ne font pas de bêtises.

Indignée, je faillis intervenir. Devant ce couple, il n'en était pas question. Mais j'étais outrée que mon père traite son père comme un enfant.

– Et puis, s'il nous savait loin de lui, insistait naïvement papa, il se mettrait à nous téléphoner. À nous demander des services que nous ne pourrions pas lui rendre, ne serait-ce que pour nous prouver que nous avons eu tort de nous éloigner.

Alors que, s'il continue de nous croire à deux pas de chez lui, il restera confiant et ne changera rien à sa vie.

Ces prétextes ne touchaient sûrement pas M. Gray, ce qui ne l'empêchait pas d'approuver.

– Si j'envisage cette solution, conclut papa, c'est pour ne pas le bousculer.

Mme Gray ne semblait pas du même avis ; elle eut un triste sourire en coin qui en disait long.

– Imaginez..., insista-t-elle d'une petite voix, je ne sais pas, moi, qu'il sonne chez nous – je veux dire : qu'il se présente ici, un soir, sans prévenir ?

– Impossible ! Il ne l'a jamais fait. Constant mange et dort à heures fixes.

Papa devait avoir rodé ses arguments. Il poursuivit :

– Le matin, après sa toilette, un jour sur trois, il va chercher son pain et faire des emplettes dans la supérette en face de son pavillon. L'après-midi, quelle que soit la saison, il se repose et part en promenade à quinze heures. L'été, il se risque jusqu'au stade. À son retour, il écoute de la musique classique. Après le journal de vingt heures, il va se coucher et s'endort avec la radio. Cet emploi du temps souffre deux exceptions, une le dimanche, où il remplace sa promenade par les sports qu'il regarde à la télévision, l'autre le mercredi, où il nous rend visite après avoir déjeuné.

Papa avait parlé d'une traite. Il marqua une pause, plongea le nez dans sa tasse avant de conclure sur un ton définitif :

– Il est enraciné dans ses habitudes. Il ne se doutera jamais de rien.

M. Gray, lui, ne demandait qu'à être convaincu. Il sollicita auprès de son épouse un assentiment qu'il croyait acquis. Elle revint à la charge avec un entêtement qui me toucha :

– Imaginez... que vous ratiez un rendez-vous du mercredi ? Il trouverait la porte close ! Que ferait-il alors ?

– Demi-tour, je suppose !

– Et s'il tentait de vous téléphoner ?

– Aucun problème : le jour où nous déménagerons, je reprogrammerai discrètement notre nouveau numéro sur son poste. S'il appelle, il ne saura même pas que nous répondons de Lyon !

Mon père se tourna vers moi pour me confier à voix plus basse :

– Bien entendu, nous mettrons dans le secret le médecin et Mme Lahout. Je leur laisserai nos coordonnées. Ils nous joindront aussitôt en cas de...

Il réfléchit avant d'achever, évasif :

– ... en cas de souci.

Mme Gray hochait la tête, toujours dubitative. Comme si cette étrange proposition comportait des inconvénients et des risques insoupçonnés.

– Si je comprends bien, dit-elle, vous garderiez les clés de votre... je veux dire : de notre appartement ?

– Oh, je n'y pénétrerais qu'une fois par semaine. Une petite demi-heure. Bien sûr, je ne toucherais à rien ! Songez...

Papa cherchait un argument définitif pour la convaincre.

– Songez que ce service ne durera qu'un temps ! N'oubliez pas que mon père a quatre-vingt-douze ans.

Une nouvelle fois, M. Gray quêta du regard l'accord de son épouse. Un regard dans lequel je lus : Allons, Odette réfléchis : ce vieil homme, ce n'est pas notre problème ! Nous ne pouvons pas rater cette affaire, le prix est si intéressant !

Mais elle restait indécise, réticente.

– Cela me gêne. C'est un mensonge.

– Un pieux mensonge, rectifia papa, dont j'assume la responsabilité. D'ailleurs, si vous refusez cet arrangement, je ne peux pas vous vendre l'appartement. Mais je ne suis pas inquiet, au prix où nous sommes prêts à le céder, d'autres acheteurs potentiels seront ravis de ma proposition.

– Il n'y aura pas d'autre acheteur ! dit vivement M. Gray.

Cette fois, il ne consulta pas sa femme pour affirmer :

– Nous acceptons vos conditions.

Comme par miracle, maman revint de la cuisine avec du café. Elle ne risqua aucun commentaire, appliquant la règle qu'on m'imposait depuis quinze ans : en présence d'étrangers, on fait bloc. Était-elle aussi choquée que moi ? Je ne le crois pas. Elle devait juger que ce problème la concernait moins que papa, et elle était sûrement ravie de s'éloigner d'ici et de changer radicalement de vie. Pour elle, c'était un soulagement. Pour moi, un déchirement.

Il fallut régler de nombreux détails. Une fois que l'accord fut conclu, l'ambiance se détendit.

Les Gray se révélèrent arrangeants. De Papy, il ne fut plus question ; on se concentra sur la date de notre départ, le nom du notaire, et l'on échangea les coordonnées de plusieurs entreprises de déménagement.

– Pardonnez mon indiscrétion, dit Mme Gray au moment de prendre congé. Mais, puisque votre papa tient une si grande place dans votre vie, pourriez-vous nous dire ce qui vous pousse à partir ?

– Mon mari est nommé à l'université de Lyon, annonça fièrement maman, qui précisa, après une hésitation : et puis, voyez-vous, nous aurons besoin d'un appartement plus grand, puisque j'attends un enfant !

– Toutes nos félicitations ! s'exclama M. Gray en lui saisissant les mains.

– Un enfant ? fit sa femme en me regardant.

– Oui. À trente-huit ans ! Je sais que cela peut paraître une folie, ajouta ma mère, radieuse, en prenant le bras de mon père. D'ailleurs, nous ne nous y attendions pas !

– Cela a été une excellente surprise, rectifia papa en souriant. Car, au fond, nous sommes très contents !

À cet instant, j'en voulus beaucoup à mes parents. Ainsi, des étrangers provoquaient des confidences dont je n'avais pas été jugée digne. Une fois de plus, je me sentis à l'écart, laissée pour compte.

Sur le seuil de l'appartement, ses futurs propriétaires ne semblaient pas pressés de le quitter. Enfin, tout le monde se serra la main. Mme Gray gardait celles de ma mère dans les siennes, elle ne cessait de lui répéter :

– Si vous saviez... nous sommes ravis. Vraiment.

– Oui, renchérit son mari. Ravis de cet arrangement.

Soudain, cette petite femme grise fondit en larmes.

– Ce n'est rien, ce n'est rien ! dit M. Gray.

Il la serrait contre lui mais s'adressait à nous.

Nous étions désemparés. Il sortit de sa poche un mouchoir, que sa femme saisit pour se tamponner le nez. Elle finit par nous avouer entre deux reniflements :

– Voyez-vous, nous n'avons jamais pu avoir d'enfant. Alors, que vous soyez enceinte...

Elle non plus ne terminait pas ses phrases. La vie des Gray, tout à coup, m'apparut très clairement : une existence étriquée, repliée, vidée avant d'avoir été remplie, gonflée d'espoirs déçus. Une vie qu'ils achèveraient ici, à Deuil, en impasse, alors que nous repartions, plus jeunes, plus nombreux et plus loin.

Ce bébé et le nouveau poste de papa serviraient de tremplin.

– C'est fini, nous assura M. Gray en récupérant son mouchoir.

Sa femme approuva dans une grimace confuse. Elle s'engagea à petits pas dans le vestibule de l'immeuble et tout le monde la suivit. Une fois à l'extérieur, elle leva la tête vers l'allée et son visage s'éclaira.

– Nous serons bien ici, affirma-t-elle. Et puis, ce saule pleureur à l'entrée est si beau !

J'approuvai, le cœur serré. Non seulement Papy s'éloignait, mais je serais privée de cet arbre. Et j'allais être séparée de Jonathan.

Chapitre 6

À dater de ce jour, nous étions presque à la porte : il fallait vider les lieux pour la Toussaint ! Les Gray étaient pressés d'emménager ; et papa, qui travaillerait à l'université de Lyon dès octobre, se voyait mal effectuer l'aller-retour quatre fois par semaine pendant les mois d'hiver.

Dès que la promesse de vente fut signée, nous partîmes passer un long week-end à Lyon. Le samedi fut occupé à visiter sept ou huit appartements en location. Mes parents comptaient en acheter un, mais ils voulaient prendre leur temps et devaient attendre l'argent que les Gray verseraient devant notaire.

À dix-huit heures, une agence nous fit visiter un grand quatre-pièces, au premier étage d'un vieil immeuble au bord du Rhône.

– Qu'en dis-tu ? demanda papa à ma mère.

– Il est sombre et bruyant, répondit-elle en soupirant.

– Mais, pour une telle surface, le loyer est dérisoire ! affirma l'employé de l'agence. Vous ne trouverez rien de mieux dans ce rapport qualité-prix.

– Isabelle sera au calme, elle aura sa chambre sur la cour, insista papa.

– Attends... Sommes-nous si pressés ?

– Oui. Isa doit changer de collège au plus vite. Et puis n'oublions pas que cet appartement est une solution provisoire.

L'affaire fut aussitôt conclue. La dernière semaine de septembre, maman apprit qu'un poste se libérerait dans le troisième arrondissement, juste après les vacances de la Toussaint. Papa loua une camionnette pour un mini-déménagement. Deux jours plus tard, une partie de nos meubles et de nos vêtements était transportée à Lyon.

Bien entendu, Papy ne sut rien de ces bouleversements.

Moins d'un mois s'était écoulé depuis la rentrée scolaire. J'arrivais au collège avant l'heure pour guetter Jonathan au loin. Je n'avais plus revu la fille brune au pull jaune – avec les derniers événements, j'avais presque fini par l'oublier.

Il était prévu que j'entrerais dans mon nouveau collège de Lyon le lundi 5 octobre. Nous quitterions alors définitivement notre appartement. D'ailleurs, je ne m'y sentais plus chez nous. Je ne perdais pas au change ; jusque-là, je dormais sur le canapé-lit du salon. À Lyon, j'aurais ma chambre et un lit tout neuf.

***

Le samedi 3, après les cours de la matinée – mes dernières heures passées à Deuil –, Jonathan me raccompagna chez moi. Mes parents chargeaient de gros cartons dans notre voiture ; Jonathan alla les saluer et proposa de les aider.

– Inutile, merci ! lui dit mon père. Nous avons fini, nous partons. Tu es prête, Isabelle ?

La panique me saisit. Non, je n'étais pas prête. Je songeai que Jonathan n'était jamais entré chez nous. Il était toujours resté à la porte, sur le seuil, sous le saule, en retrait perpétuel. Il ne connaîtrait pas le grand séjour où j'avais grandi, travaillé, joué, dormi. Je l'avais laissé en marge, et voilà que se tournait une page qu'il ne lirait plus. Aujourd'hui davantage qu'hier, malgré la belle et brune inconnue, j'avais envie qu'il entre dans ma vie. Et c'était moi qui partais.

Discrètement, mes parents s'éclipsèrent. Maman me jeta, presque complice :

– Nous t'attendons dans la voiture, Isa... Prends ton temps.

Je me sentis vide et désemparée.

– Eh bien voilà, dis-je à Jonathan en baissant la tête. Je m'en vais.

Lui faisait bonne figure.

– Mais tu reviendras souvent, non ? Chaque mercredi, d'après ce que j'ai compris ?

J'avais confié à Jonathan le stratagème imaginé par mon père. Et précisé que j'espérais bien l'accompagner quand il viendrait. Malicieusement, il ajouta :

– Je serai très content que tu viennes voir ton grand-père. Nous avons désormais un intérêt commun. Puisqu'il ne vous suit pas à Lyon, j'ai l'impression qu'un peu de toi va rester à Deuil.

– Je t'avertirai, Jonathan, je te passerai un coup de fil la veille.

– Ces jours-là, je sécherai la piscine.

– Oh, je ne veux pas te faire rater les cours du mercredi, dis-je avec une parfaite mauvaise foi.

– Rassure-toi, je nage très bien.

– De toute façon, je serais très étonnée que mon père et moi venions chaque mercredi pour accueillir Papy dans l'appartement. Ma mère va rester seule ici tout le mois d'octobre, c'est elle qui s'en chargera.

Les minutes passaient et nous trouvions de moins en moins de choses à nous dire. C'était terrible : ces moments étaient peut-être les derniers avant longtemps, et nous ne savions plus quoi en faire. Soudain, Jonathan me prit par les épaules. C'est d'une voix rauque qu'il murmura :

– Est-ce que je peux t'embrasser, Isa ?

Une vague de bonheur me submergea. Figée, je bredouillai d'une voix tremblante :

– Tu as besoin de me le demander ?

Il s'approcha de moi, hésita et posa ses lèvres sur ma joue, tout au bord de ma bouche qui réclamait la sienne. Ce n'était pas un vrai baiser. J'aurais voulu qu'il marque le début d'un lien et il avait un goût d'adieu. Il me sembla doux et amer, à l'image du soleil voilé et de notre joli saule qui pleurait.

***

Deux jours plus tard, j'entrai dans mon collège de Lyon. On était début octobre, assez tôt pour me faire de nouvelles amies sans être considérée comme une intruse. Papa avait obtenu de ne pas travailler le mercredi, il se rendit à Deuil le surlendemain, par le train, il devait retrouver maman. Exclue de ce premier voyage, je n'eus pas mon mot à dire. Je passai la matinée à traîner dans nos quatre pièces à moitié vides. Dans l'après-midi, alors que j'étais occupée à écrire une rédaction, le téléphone sonna, déchirant le silence de ma chambre.

– Isabelle ? C'est Jonathan.

Cela me procura un choc. Je n'eus même pas le temps de lui dire ma joie car il enchaîna très vite :

– Je peux te parler ? Tu es seule ?

– Bien sûr, qu'est-ce que tu imagines ?

– Tu aurais pu te trouver avec des copains. Tu te plais dans ton nouvel établissement ?

Aurait-il été un peu jaloux ?

Il m'apprit qu'à midi et demi il avait croisé mes parents qui raccompagnaient mon grand-père chez lui. Constant n'était donc pas rentré seul. C'était inhabituel ! Je demandai :

– Mon grand-père était faible ? Malade ?

– Oh non, il m'a semblé en pleine forme ! Je les ai salués tous les trois. Nous avons même discuté un peu.

– Tu n'as pas gaffé, j'espère, en parlant de notre départ à Lyon ?

– Bien sûr que non ! Au début de notre conversation, je crois que tes parents ont eu peur que je ne vende la mèche.

– C'est leur faute, ils auraient dû te prévenir. Heureusement que je t'ai mis au courant !

– Écoute, Isa, je regrette que nous nous soyons quittés si vite et si mal, samedi dernier. J'espérais te voir aujourd'hui.

Je devinai que c'était la raison pour laquelle il était venu traîner du côté de notre immeuble. Sa voix devint hésitante :

– Isa, j'aimerais te dire...

– Oui ?

J'étais pétrifiée. À cet instant, j'étais sûre que, s'il avait été près de moi, il m'aurait saisi la main, embrassée, serrée contre lui. Et puis je compris que c'était faux : si nous avions été à Deuil, il n'aurait justement pas pris cette initiative. C'était parce que nous étions loin l'un de l'autre qu'il se livrait ainsi. Bizarrement, notre séparation nous rapprochait. Soudain, alors que j'entendais son souffle court et haletant près de mon oreille, un brouhaha et des bruits de voix s'élevèrent dans la pièce d'où il m'appelait.

– Isa ? chuchota-t-il d'une voix précipitée. Il faut que je raccroche, je... je vais t'écrire.

– C'était très gentil de m'appeler. Est-ce que ?...

– Je t'embrasse !

Je lui lançai un « Bisou ! » qu'il ne dut pas avoir le temps d'entendre et je restai longtemps immobile, savourant l'écho de sa voix. Rarement je m'étais sentie aussi funambule : en équilibre entre deux villes, avec le souvenir d'un passé à Deuil et un avenir ici à peine esquissé, fille encore un peu unique, avec un aïeul délaissé et un petit frère à venir.

Jonathan ne m'avait pas menti, son courrier arriva le samedi. C'était une lettre banale, écrite, me disait-il, pendant son heure de permanence du jeudi. Certes, il achevait en me disant : « Je t'embrasse. » Mais il y a tant de façons d'embrasser !

Et puis, c'est si facile d'embrasser, sur le papier. Par contre, le post-scriptum me rassura : « Je n'ai même pas de photo de toi, peux-tu m'en envoyer une ? »

Je répondis à Jonathan dès le lendemain, dans des termes aussi neutres et banals que les siens. Mais je m'interdis de poster la lettre aussitôt. D'ailleurs, j'avais un petit problème : la photo. Laquelle lui envoyer ? J'en éliminai plusieurs où j'étais en maillot de bain, à mon avantage... mais un peu trop. Je ne voulais pas qu'il s'imagine que je me prenais pour une star ou que je voulais le séduire. Finalement, je choisis un cliché où ma mère et moi apparaissions en gros plan. Papa nous avait saisies toutes les deux alors que j'éclatais de rire. Là, je me trouvais naturelle et plutôt jolie.

Dans un post-scriptum identique au sien, je disais : « La prochaine fois que tu m'écris, envoie-moi aussi une photo de toi. »

Jonathan ne me téléphona pas. Il mit dix jours à me répondre. Les termes de sa lettre étaient moins convenus. Il m'avouait que je lui manquais, qu'il avait hâte de me voir. Il achevait par : « Très affectueusement à toi. » J'aurais préféré « tendrement », mais n'en demandais-je pas trop ? Par contre, ce qui me perturba durablement, dès que je déchirai l'enveloppe, ce fut la photo qu'il avait jointe. Il y apparaissait souriant, en short, accroupi, occupé à planter le piquet d'une tente. Seulement voilà : en arrière-plan, un peu flous, on apercevait d'autres adolescents. Deux garçons de son âge et trois filles. L'une d'elles était brune. Malgré la distance, je l'identifiai aussitôt. Je crois bien que mon cœur manqua un battement. Au dos de la photo, Jonathan avait indiqué : 2 août, camp de Veynes (Hautes-Alpes).

Je savais qu'il avait participé l'été dernier à un stage d'alpinisme. Cette fille en faisait donc partie ! Et, par conséquent, elle avait passé près d'un mois avec lui ! Puisque je l'avais vue le jour de la rentrée, elle devait habiter tout près de chez lui ! Et moi, j'étais à Lyon à présent...

Je restai désemparée. Qui pouvait bien être cette fille ? Une cousine éloignée ? Une copine qui fréquentait un autre collège – ou le lycée ? Je me rassurais en me disant que, si cette inconnue avait vraiment compté pour lui, il n'aurait pas été assez naïf ou imprudent pour m'envoyer une photo où elle figurait !

Je me promis de lui demander qui elle était. Mais surtout pas dans un courrier. J'aurais attendu avec trop d'angoisse une réponse qu'il aurait pu mûrir en toute sérénité... Non, il faudrait que je lui pose la question à brûle-pourpoint, et que je voie comment il réagirait.

Je gardai un moment la photo sur ma table de nuit. Et puis je décidai de la ranger : à chaque fois que je la contemplais, ce n'était pas Jonathan que je voyais, mais cette brune inconnue, qui m'obsédait.

***

Durant l'automne, notre vie s'était peu à peu organisée.

Restée à Deuil pendant tout le mois d'octobre, maman était venue passer ses week-ends à Lyon. Elle nous parlait des Gray, qu'elle voyait souvent et qui, avec notre accord, avaient commencé à apporter leurs meubles ; une entreprise était même en train de refaire les peintures de l'appartement.

Mon père n'était pas revenu à Deuil les trois mercredis suivants. Ces jours-là, maman avait accueilli Papy. Il ne lui avait pas posé de questions et avait déploré de ne pas me voir. Du coup, je l'avais appelé deux fois au téléphone. Mais Constant n'aimait pas ce moyen de communication ; démuni, il répétait sans cesse : « Alors en somme, ça va ? », il m'écoutait peu, écourtait la conversation.

Mon père était très content d'enseigner à l'université. Ma mère avait fait la connaissance de l'enseignante enceinte qu'elle allait remplacer. Elle avait averti le rectorat qu'elle serait à son tour en congé de maternité pendant le troisième trimestre.

Tout semblait se dérouler comme prévu, sans accroc...

Jonathan m'avait téléphoné à plusieurs reprises, sans jamais se livrer à des confidences ou à des aveux plus intimes. En général, il m'appelait le soir, juste après vingt heures ; à ce moment-là, mes parents étaient trop occupés à suivre le journal télévisé pour prêter attention à nos conversations. Deux ou trois fois, je faillis lui parler de l'inconnue sur la photo. Biaisant, je lui demandai des précisions sur son stage de montagne de l'été. Mais il ne fit jamais mention de cette fille.

La première semaine de novembre, la vente officielle eut lieu. Maman vint habiter Lyon, définitivement.

Je n'avais toujours pas revu Papy Constant.

Chapitre 7

Le premier mercredi qui suivit notre déménagement définitif, papa me demanda de l'accompagner à Paris. Je crois qu'après notre exil clandestin il redoutait de se retrouver seul avec son père.

Bien sûr, j'avais téléphoné la veille à Jonathan. Nous nous étions donné rendez-vous à quatorze heures, au self du supermarché, où mon père et moi avions envisagé de déjeuner.

À la gare de La Part Dieu, où nous étions bien avant l'aube, une première déconvenue nous attendait : le TGV de huit heures était complet ! Par chance, il restait des places dans le train suivant. Mais nous allions devoir jongler pour être à Deuil avant midi.

– La prochaine fois, répétait papa, je réserverai plusieurs jours à l'avance !

Dans le convoi qui filait à trois cents à l'heure, il ne parvenait pas à fixer son attention sur les travaux de ses étudiants. Il ne cessait de regarder sa montre. J'étais à la fois contrariée et secrètement satisfaite de ce contretemps. Après tout, c'était bien fait. Papa, qui croyait avoir tout planifié, récoltait les fruits de son inconséquence. Si le TGV prenait du retard, nous ne serions jamais à Deuil pour midi !

Mais le train arriva gare de Lyon à onze heures pile, comme prévu. Papa se fraya un chemin dans la cohue sans se préoccuper de savoir si je le suivais. Je finis par le rejoindre à l'extérieur, devant la station des taxis. Hélas, la file des voyageurs en attente était impressionnante ! Gagné par la panique, papa jeta entre ses dents serrées :

– Inutile d'insister. Prenons le RER, nous irons plus vite !

Ce fut la galopade dans les couloirs et les escaliers. Je retrouvais le stress abominable et familier des courses du mercredi au supermarché... Pendant ces instants-là, j'en voulais beaucoup à mon père, qui se hâtait en me reprochant de ne pas aller assez vite. Je passais du statut de fille à celui de bagage encombrant.

Par miracle, les correspondances s'enchaînèrent sans aucune attente : à midi moins douze, nous étions sortis de la gare. Ce fut un vrai marathon jusqu'à la maison... Si bien que nous sommes arrivés chez nous à midi moins cinq. Non : ce n'était plus chez nous. D'ailleurs, dans le hall d'entrée, sur notre boîte aux lettres, une petite étiquette avait été collée à côté de notre nom : *M. & Mme Louis Gray*.

Papa s'y prit à trois reprises avant de pouvoir ouvrir la porte.

– Ils n'ont tout de même pas changé la serrure ? s'énervait-il. Ah, non : ils ont fermé à double tour, voilà tout.

En entrant, je fus arrêtée par une odeur insolite. Il s'y mêlait la cire, la colle et le muguet. Un nouveau papier peint tapissait le vestibule. Dans la salle de séjour, un buffet ventru en merisier occupait le mur du fond. À la place de notre coin repas trônaient maintenant un canapé et deux fauteuils de style. Aucun désordre. Pas un papier ne traînait. Sur la table basse se dressait un vase en porcelaine contenant de hideuses fleurs artificielles en plastique. On se serait cru dans un magazine d'ameublement.

Un sentiment inconnu me saisit à la gorge. Ce lieu si familier était devenu étranger, incongru, on l'avait violé et dévoyé.

J'avais l'impression de pénétrer au cœur d'une imposture.

Qu'avait pensé Papy, lui qui avait assisté à ces bouleversements successifs et inattendus ?

La sonnette d'entrée retentit. Au même instant, j'entendis dans la cuisine un objet se briser sur le carrelage. Papa jura et me lança :

– Tu vas ouvrir, Isabelle ?

Il était midi. C'était Papy.

– Ah, comme je suis content de te revoir enfin, ma petite Isa !

Impétueusement, il me serra contre lui ; il avait la mine soucieuse et le visage fatigué. Il me tendit un sac qui contenait quelques poireaux ; enfin, il risqua un pas dans le couloir.

– Eh bien, on dirait qu'il y a encore du nouveau !

Il ne se décidait pas à entrer et examinait les lieux avec son regard exorbité. Opéré autrefois de la cataracte, il portait des lunettes à verres épais qui doublaient la taille de ses yeux. Il posa sa canne à côté d'un porte-parapluie que je n'avais pas vu, se dirigea vers l'un des fauteuils du séjour et s'y assit avec mille précautions. Il enleva sa casquette, hésita, la posa sur la table basse ; puis il la reprit et la garda sur ses genoux.

En principe, c'était à ce moment-là qu'il aurait dû se plaindre de ses vertèbres.

– Alors, vous avez aussi changé le salon ? s'exclama-t-il.

– Eh bien, Papy, ça te plaît ? lui jeta papa.

Il venait d'entrer précipitamment, il n'avait pas encore enlevé son imper et était trempé de sueur ; il tenait à la main les restes d'une tasse, celle qui était réservée à Papy.

– Tu vois, je viens de faire des dégâts !

– Oui. Je suis désolé, Vivien.

– Oh, tu n'y es pour rien. Isa... tu t'occupes du café de Papy ?

La cuisine avait été entièrement aménagée ; trois fois plus sombre, elle était encombrée d'éléments en chêne massif. Je finis par dénicher notre café soluble parmi des boîtes de thé, de cacao et d'autres boissons lyophilisées. Je choisis une tasse et mis de l'eau à chauffer. Quand je revins dans le séjour, Papy ne cessait d'inspecter la pièce du regard. Il murmurait :

– Non, non... mais je croyais que tu aimais plutôt le contemporain. Tu as aussi acheté un nouveau tapis ? Et ces bibelots de cuivre, ils sont neufs ?

– En fait, improvisa papa, nous avons trouvé tout ça en brocante. On nous faisait un prix pour le lot !

Articulé d'une voix forte, ce mensonge me semblait deux fois plus gros. Papy se mit à glousser, ce qui était l'une de ses façons de rire.

– Ah, Isa, ton père a toujours cru faire des affaires ! Il devait avoir dix ans quand il est rentré un soir avec un transistor qu'il avait payé une fortune. Le camarade qui le lui avait refilé l'avait convaincu que l'appareil captait des messages extraterrestres. En fait, c'était le bruit des ondes courtes ! Ce poste détraqué ne pouvait rien diffuser d'autre.

– Bon. J'étais très naïf, c'est vrai.

– Du coup, pour le consoler, je lui ai offert un magnifique transistor. En le déballant, Vivien l'a fait tomber. L'appareil était cassé...

– J'ai aussi toujours été maladroit, admit mon père, les dents serrées.

Il me tendit les restes de la tasse brisée en me lançant un regard furieux.

– Je l'avais acheté près de trois cents francs, insistait Papy lourdement. Dans le magasin qui a été remplacé par la supérette, tu vois, Isa ?

Je n'avais pas connu ce magasin. Et je ne voyais pas très bien ce que représentaient trois cents francs en euros.

– Au Noël suivant, j'ai voulu lui offrir le même. Mais ce modèle n'existait plus. Dommage. C'étaient de bons appareils...

Constant ne se rendait pas compte qu'il humiliait papa. À ses yeux, tous les souvenirs se valaient, les bons comme les mauvais. À qui la faute si les événements les plus désagréables étaient souvent les plus marquants ?

– Très jolie, cette tasse ! me dit Papy en buvant son café. Je ne la connaissais pas.

Comme personne ne répondait à sa remarque, il ajouta :

– Si tu nous mettais un peu de musique ?

Papa, interloqué, se figea. Il avait pensé à tout... sauf à Mozart. Il est vrai que d'habitude c'était moi qui choisissais le disque dont Constant aimait deviner le titre et les interprètes.

Prise de court, je me dirigeai vers le buffet en priant pour qu'il cache une chaîne hi-fi. Je tombai d'abord sur les apéritifs ; puis j'ouvris une niche qui abritait une pile d'appareils sophistiqués, ampli, tuner et lecteur de CD.

Mais, quand je jetai un coup d'œil sur les disques, je fus prise de panique : il n'y avait là que des chansons ! Brel, Brassens, Barbara et des interprètes dont le nom ne me disait rien. Je finis par découvrir du pseudo-classique : des valses de Vienne, de l'opérette... Enfin, dans un CD qui annonçait « chefs-d'œuvre immortels », je localisai du Mozart entre *Le Cygne* de Saint-Saëns et les trompettes d'*Aïda*.

Quand la musique jaillit, Papy refréna un mouvement de déception, comme l'invité qui s'attend à un bon repas et à qui l'on sert un œuf sur le plat.

– C'est *La Petite Musique de nuit*, évidemment ! Très mal interprétée d'ailleurs. La prise de son est déplorable. Quel orchestre ? Quel chef ?

– Euh... je ne sais pas. Ce n'est pas marqué sur la pochette.

Lâchement, je me contentai de baisser le son. Il avait raison, Papy : cette musique sonnait faux. Du coup, il n'attendit même pas que le morceau s'achève. Il était à peine midi vingt-cinq quand il se leva.

– Dis-moi, Vivien, comment va Marine ?

– Très bien.

– Elle m'a semblé bien pâle, mercredi dernier. Elle m'a dit qu'elle souffrait d'un embarras gastrique, c'est ça ?

– Elle est rétablie. Ah : elle a changé d'établissement. Elle travaille le mercredi matin.

J'en conclus que, désormais, maman ferait rarement le voyage jusqu'à Deuil.

– Tant pis, je la verrai à Noël. J'espère qu'elle passera au pavillon, le soir, de temps en temps ?

– Bien sûr ! lui assura mon père, qui savait que ce serait impossible.

Une fois que Papy fut parti, je demandai :

– Il ne sait pas que maman est enceinte ?

– Pas encore. Ce n'est pas utile.

Évidemment : s'il avait été au courant, il aurait sûrement voulu voir et féliciter maman, lui poser des questions sur la date de la naissance, le sexe et le prénom du futur enfant, il aurait désiré savoir où elle accoucherait, et comment nous allions vivre à quatre dans un si petit deux-pièces.

Cette future naissance allait compliquer les choses.

Après avoir réfléchi, je risquai :

– Tout de même… une fois que le bébé sera né, il faudra le montrer à Papy ?

– Nous avons jusqu'au mois d'avril pour réfléchir au problème, Isa !

Tant d'inconscience me stupéfiait. Devinant qu'il s'était engagé dans une impasse, mon père refusait de voir les obstacles qui se dressaient devant lui à chaque nouveau pas.

– Attends. À quel moment as-tu prévu de le lui dire, exactement ?

– Ah, mais je ne sais pas, Isa !

Avertir Papy nous obligerait dès le mois de mai à effectuer des allers et retours avec le bébé. Acrobatique et compliqué. Ne restait plus que la solution du silence et de l'absence. Maman ne viendrait plus à Deuil, et le bébé naîtrait. Constant était-il condamné à ignorer qu'il était une seconde fois grand-père ?

– Attends, papa, bredouillai-je en osant à peine imaginer la suite. Tout cela devient insensé !

– Nous verrons, répondit sèchement mon père. Nous aviserons en fonction des événements à venir.

Chapitre 8

Il était midi et demi. Indiscrète, je fis un saut dans la chambre. Là aussi, tout avait changé : le lit, de style Louis XV, était aussi ventru et doré que la grosse armoire en bois de rose. Sur un guéridon trônait un petit poste de télé. C'était l'intérieur de poupée, propre et douillet, d'un vieux couple. Il y manquait la chaleur et le désordre naturels qu'apportent les enfants. Un appartement impeccable et sans âme. À la fois neuf et démodé. Une vision fugitive m'effleura : Jonathan et moi, sans enfants et après trente ans de mariage... Non, quoi qu'il advienne, notre maison ne ressemblerait jamais à ça.

Je voulus aller aux toilettes, mais papa me rappela à l'ordre :

– Pas question, nous ne sommes plus chez nous. Tu iras au supermarché. Viens, partons, j'ai lavé et rangé la tasse.

Il referma soigneusement la porte à double tour. En passant sous le saule, j'eus un bref frisson.

***

Le supermarché m'était familier ; pourtant, je m'y sentis étrangère. Au self, ce fut encore pire : ce lieu, nous l'avions longé pendant quinzc ans, mais nous n'y avions jamais déjeuné. L'attente fut interminable, le repas impersonnel, rapide et bruyant. Quand Jonathan arriva, peu avant deux heures, papa fut surpris.

– Tu ne te souviens pas ? lui dis-je. Je t'avais dit que nous nous étions donné rendez-vous !

– Oui. Ah, mais oui ! fit mon père en fronçant les sourcils.

Il se leva pour lui serrer la main et lança, officiel et empressé :

– Comment vas-tu, jeune homme ? Je t'en prie, assieds-toi.

Son attitude, ses paroles, sa décontraction sonnaient tellement faux que j'avais un peu honte.

– Veux-tu boire quelque chose ? insista-t-il maladroitement. Un chocolat ? Un Coca ?

Indécis, Jonathan se balançait d'un pied sur l'autre. Je vins à la rescousse :

– Écoute, papa, je crois plutôt que nous allons te laisser. Nous avons deux heures avant le départ du train ?

– Oui. Mais pas plus.

– Rassure-toi, fis-je dans une grimace. Moi, je ne serai pas en retard : nous aurons notre TGV de dix-sept heures !

Et puis, si nous le rations, cela n'aurait pas grande importance. Les adultes sont souvent ainsi : imprudents, indulgents avec eux-mêmes. Et intransigeants envers autrui. Comme j'avais un peu l'impression de l'abandonner, je demandai à mon père :

– Ça va aller ? Je te retrouve ici vers trois heures et demie ?

– Oui. Ne t'inquiète pas, Isa. Je vais me reprendre un café. Et puis je ne vais pas m'ennuyer, ajouta-t-il en désignant sa serviette : j'ai du travail !

Dès que nous eûmes quitté le supermarché, Jonathan me prit par la main, et l'automne me parut soudain plus lumineux. Je chassai de mon esprit l'inconnue au pull jaune et la question qui me brûlait les lèvres. Ces instants me paraissaient d'autant plus précieux qu'ils étaient comptés ; je refusais de prendre le risque de les gâcher. J'étais comme ceux qui se croient atteints d'une grave maladie et pensent qu'ils peuvent guérir en essayant de l'oublier.

D'instinct, je l'avais entraîné du côté de notre ancien immeuble. Je m'arrêtai sous le saule.

– Non, me dit Jonathan, allons plus loin.

Nous ne trouvions rien à nous dire, mais nous n'avions pas besoin de mots. Tout à coup, je m'aperçus que nous nous étions engagés dans la rue du pavillon de Papy Constant. J'en fis la remarque à Jonathan.

– Tu veux qu'on aille lui rendre visite ? me proposa-t-il.

– Ce n'est pas la peine, il est passé nous voir il y a deux heures.

– Et tu sais quand tu le reverras ?

Il avait raison. Peut-être ne retrouverais-je jamais une telle occasion. Je n'étais pas entrée chez lui depuis le mois de juin.

– Cela te gêne peut-être que je vienne avec toi ?

– Non, bien sûr que non ! Mais...

Je n'osais pas lui dire : « Nous sommes ici, ensemble, et pour si peu de temps. Pourquoi perdrions-nous une heure chez Papy Constant ? »

– Chez lui, c'est un peu chez toi, insista-t-il. Et chez toi, aujourd'hui, c'est si loin !

J'ai poussé le portail de fer forgé ; Jonathan a admiré le petit jardin. J'ai désigné les herbes folles avec embarras :

– Il ne cultive presque plus rien. Et nous n'avions jamais le temps de venir désherber ou tondre.

Quand Papy ouvrit sa porte, il écarquilla les yeux en nous découvrant tous deux. Puis son visage s'éclaira d'un sourire extraordinaire : une expression radieuse qui le rajeunit d'un coup.

– Quelle surprise ! Isa... et Jonathan. Vous vous fréquentez ?

Je rougis, confuse. Je savais qu'autrefois c'était l'expression consacrée : quand un garçon sortait avec une fille, on disait de lui : « Il fréquente. » Cet emploi sans complément d'objet supposait plein de sous-entendus.

– Est-ce que nous vous dérangeons ? demanda Jonathan sans répondre à sa question.

– Peut-être que tu te reposais ? fis-je à mon tour.

– Oh, voilà trente ans que je me repose ! Je suis fatigué de me reposer. Comme c'est gentil de venir me voir... Entrez. Mais si, entrez donc !

L'odeur de papier moisi et de renfermé me sembla plus forte que lors de ma visite précédente. Il s'y mêlait un vague relent d'urine qui me mit mal à l'aise. Honteuse, je me dis que venir ici accompagnée n'était sûrement pas une bonne idée. Sur les murs, les photos démodées d'acteurs me semblèrent du dernier ridicule. Papy, resté derrière nous dans le vestibule, cria à Jonathan qui se trompait de porte :

– Non, mon garçon, ici, c'est ma chambre ! Oui, voilà, le salon est à droite. Tu sais, aucun risque de se perdre, ce n'est pas très grand.

Il ne croyait pas si bien dire : par rapport à la dernière fois où j'étais venue, la pièce me semblait avoir rétréci. Jonathan et moi nous sommes assis sur deux chaises cannées, côte à côte.

– Qu'est-ce que je pourrais vous offrir ? Je n'ai ni soda ni jus de fruit.

À petits pas, Papy, tout en papotant, allait de son coin-cuisine au buffet Henri II de son séjour, qu'il avait toujours appelé « le salon ».

– Rien ! répondit Jonathan. Nous voulions vous dire un petit bonjour.

Constant contourna avec peine le fauteuil qui occupait le centre de la pièce et faisait face au meuble hi-fi-télévision.

– Ah, j'ai de la liqueur de cassis... Si, si, j'insiste : c'est de mon jardin.

Je m'apprêtais à refuser quand Jonathan s'écria :

– Avec plaisir, c'est très gentil !

Je me levai pour aider Constant à sortir trois verres à liqueur, mais Jonathan me saisit le bras.

– Laisse-le, me chuchota-t-il, je crois que ça lui fait plaisir.

Constant leva son verre pour trinquer et déclara en nous couvant des yeux :

– À vous, mes enfants. À vous deux.

Jonathan me reprit la main, peut-être parce que des larmes étaient en train de me monter aux yeux.

Papy fit claquer sa langue.

– Mais c'est délicieux ! apprécia Jonathan comme s'il ne s'y attendait pas du tout. Dites-nous, Constant, il y a de l'alcool là-dedans ?

– Oh, à peine vingt degrés. Cela ne vous fera pas de mal, je vous en ai servi un dé à coudre ! Et puis, vous êtes en âge de boire ça, à présent !

Il s'assit en s'aidant de sa canne et nous considéra d'un regard attendri. Derrière les verres de ses lunettes, ses gros yeux s'embuaient aussi. Tout en buvant à petits coups, il ne cessait de bredouiller :

– Vraiment, c'est très... c'est très, très gentil !

Je pris conscience que, si chaque jour de ma vie accumulait travaux, décisions, projets et imprévus, ceux que voyait couler mon grand-père étaient identiques et ternes. Notre visite symbolisait pour lui un moment exceptionnel. J'ignorais alors que je vivais moi aussi un instant rare et précieux.

Je voulus retirer ma main, que Jonathan gardait dans la sienne. Il refusa de me la rendre et profita de ce que Papy reposait son verre pour me chuchoter à l'oreille :

– Laisse-toi faire, regarde comme il est heureux.

D'une voix forte, il lui demanda pourquoi il avait épinglé ces photos sur les murs.

– Ce sont des acteurs, m'empressai-je de préciser. Tu ne savais pas que Papy Constant avait été souffleur de théâtre pendant quarante ans ?

– C'est si loin ! soupira Papy. Ce sont des gens qu'on a oubliés, des comédiens qui n'intéressent plus les jeunes.

– Mais si, fit Jonathan en se levant. Moi, ils m'intéressent beaucoup. Ici, est-ce que ce ne serait pas Yvonne Gaudeau et Bernard Dhéran ? Et là, Jean Meyer et Danièle Ajoret, dans *L'École des femmes* de Molière ?

Intrigué, Constant faillit se lever sans l'aide de sa canne :

– Attendez... Comment pouvez-vous les connaître ?

– Oh, je me passionne pour le théâtre, répondit modestement Jonathan en s'approchant du mur. Là, n'importe qui pourrait identifier Jean Vilar et Gérard Philipe dans *Le Cid* ! C'est bien eux, n'est-ce pas ?

À partir de cet instant, il me fut impossible d'en placer une : enthousiaste, Constant se mit à discuter avec Jonathan. À sa demande, il lui raconta quelques-unes des mille et une anecdotes que je connaissais déjà.

Jonathan, lui, ne les connaissait pas. Sa curiosité était sincère et elle n'avait pas de limites. Quant à Papy, il était aux anges. L'heure de sa promenade était passée depuis longtemps. Quand quinze heures trente approchèrent, je fus bien obligée de les interrompre.

– Désolée, mais moi, il faut que j'y aille !

– Je t'accompagne, bien sûr ! dit Jonathan en se levant.

Il avait définitivement conquis Papy qui, sur le seuil, lui secoua les mains avec enthousiasme.

– À bientôt, Jonathan. Tu sais, tu peux revenir quand tu veux ! Excuse-moi, je te tutoie, j'espère que ça ne te choque pas ?

– Au contraire. Cela me touche énormément. Je reviendrai, c'est promis.

Quand Papy me serra contre lui pour m'embrasser plus fort que d'habitude, il en profita pour me murmurer à l'oreille :

– Mes félicitations, Isa. Jonathan est un brave garçon !

On dut presser le pas pour rejoindre le supermarché.

– Eh bien, le félicitai-je en souriant, tu as séduit mon grand-père ! Mais dis-moi, comment se fait-il que tu connaisses tous ces acteurs ?

– C'est simple : je suis passionné de théâtre, je me jette sur tout ce qui y ressemble de près ou de loin. Et puis ces comédiens figurent sur les illustrations des livres de classe de mes parents.

– Finalement, tu as eu une excellente idée en insistant pour que nous lui rendions visite ! Mais... l'odeur qui flotte chez lui ne t'a pas gênée ?

– On ne peut rien y faire, il faut l'accepter ; c'est souvent ainsi, chez les personnes âgées... Cette odeur, ajouta-t-il, la mine soudain sombre, je la préfère encore à celle de l'hôpital.

Je n'eus pas le temps de l'interroger sur cette curieuse comparaison. Nous étions parvenus au self. Il me fit signe qu'il n'avait pas envie d'y entrer.

– Tu salueras ton père pour moi. À bientôt, à très bientôt, Isa.

Chaque fois que nous devions nous séparer, nous redevenions plus gauches l'un que l'autre. Je lui chuchotai :

– Merci de m'avoir suggéré cette visite, Jonathan. Je n'imaginais pas qu'elle serait si réussie. Merci pour moi, pour nous... pour mon Papy.

– C'est quand les gens sont vivants qu'il faut être attentif à eux, Isa. C'est quand ils sont là qu'il faut penser à leur dire qu'on les aime.

Je fronçai les sourcils. Jonathan ne m'avait guère habituée à ce genre d'affirmations solennelles.

– Tu sais, me dit-il, ma grand-mère est morte il y a deux ans. Je l'ai à peine connue et très peu fréquentée. Parce que ma mère n'allait jamais la voir. Désormais, elle y va presque tous les jours.

– Tous les jours ? Mais tu dis qu'elle est morte !

– Ma mère lui porte des fleurs au cimetière. Devant sa tombe, elle lui dit aujourd'hui ce que ma grand-mère aurait tant voulu entendre de son vivant. Seulement voilà : il est trop tard.

Il se tut. Cet aveu brutal lui avait coûté et remuait en lui de sombres pensées. Il restait immobile, bras ballants. Je l'embrassai sur les deux joues, comme un frère, et lui révélai :

– Je ne sais pas si tu veux l'entendre. Mais tu es là, vivant, Jonathan. Alors autant te l'avouer : je crois bien que je t'aime.

Chapitre 9

Après avoir osé lui faire cette déclaration, je me promis d'oublier la fille aux cheveux bruns. Tel un cauchemar que j'espérais ne plus jamais voir surgir, je la reléguai dans le coin le plus obscur de ma mémoire.

Maman avait la taille moins fine, mais il fallait un œil exercé pour savoir qu'elle attendait un bébé. Au cours du mois et demi qui suivit, mes parents se rendirent ensemble à Deuil. Je n'avais revu ni Jonathan ni Constant.

Noël approchait.

Papy ne réveillonnait plus comme autrefois. Auparavant, le 25, il venait déjeuner chez nous. Mais depuis quelques années, il préférait que nous lui rendions visite l'après-midi de ce jour de fête ;

là, dans son petit pavillon, nous procédions à l'échange traditionnel de cadeaux.

– Cette fois, décida papa, il faut que nous allions là-bas tous les trois.

Le 25 tombait un mardi. Nous partirions le matin, arriverions pour déjeuner, dormirions le soir à l'hôtel et resterions le lendemain à Deuil. Pour ne pas rater Papy le mercredi à midi.

***

Cette année-là, à Lyon, notre réveillon du 24 fut sinistre, si bien que j'allai me coucher avant minuit.

À l'aube, nous partîmes tous les trois en voiture pour Deuil. Nous emportions quelques gâteries et une cage avec un canari. Une idée de papa, qui jugeait ce cadeau utile et original. « Mais si, Marine, avait-il affirmé. Un oiseau, c'est gai, ça chante. Ce canari le distraira, je t'assure. Il lui tiendra compagnie. »

Arrivés au pavillon peu avant onze heures, nous avons sorti les provisions du coffre et mijoté un déjeuner traditionnel. Papy semblait perturbé par ces préparatifs qui, pendant des années, avaient eu lieu chez nous. Il était pensif et mal à l'aise. Assis dans son fauteuil, il nous regardait nous démener en soupirant.

Après un repas plutôt morne, il s'assoupit. Nous restions désemparés, inactifs, à attendre son réveil ; le canari, que Papy avait à peine regardé, rythmait le silence de ses pépiements têtus et réguliers.

Quand la sonnette du pavillon a retenti, papa, décontenancé, n'a d'abord pas réagi. Puis il a déclaré :

– Bon sang... mais qui ça peut bien être ?

– Moi, je le sais ! répondit joyeusement Papy en se levant.

Jonathan ne fut pas étonné de nous trouver ici tous ensemble : je l'avais mis au courant. Nous avions rendez-vous sous le saule, à seize heures, mais je ne pensais pas qu'il prendrait l'initiative de venir pendant que nous étions en famille.

Il avait apporté un paquet de marrons glacés pour nous tous et un coffret de trois CD pour Papy Constant, qui s'extasia :

– *Les Noces de Figaro* ! Et dans la version historique de 1959 avec Erich Kleiber au pupitre. Ah...

Mon grand-père en avait les larmes aux yeux. Il glissa le premier disque dans le lecteur. Du coup, le canari se tut, l'orchestre lui avait rabattu le caquet.

Papa prépara le café pendant que ma mère faisait la vaisselle. Jonathan proposa que nous l'essuyions, mais elle refusa :

– Vous boirez du café ? Non. Alors allez plutôt prendre l'air, tous les deux. Isa, sois là pour six heures, tu sais que Papy dîne tôt.

Elle n'eut pas besoin de me le dire deux fois : nous filâmes en abandonnant ma mère avec la vaisselle, Papy avec Mozart et mon père avec le canari.

Dans la rue, Jonathan me prit la main. Comme je m'étonnais qu'il soit venu chez Papy un 25 décembre, il répondit :

– J'avais mille raisons de faire cette visite. J'aime bien ton grand-père...

– En somme, ce n'était pas pour me voir plus vite ?

Ma provocation ne suscita chez lui qu'un haussement d'épaules. Il hocha la tête et dit avec amertume :

– Chez moi, ce n'est pas vraiment la joie, en ce moment. J'avais très envie de m'éclipser pour vous retrouver.

– Vous fêtez pourtant Noël ensemble ?

– Oui. Mais cette cérémonie devient difficile à vivre dans une famille décomposée.

– On dit plutôt *recomposée*, non ?

– Oui. Sauf que, chez nous, la recomposition n'a pas pris. Les couples, c'est comme la mayonnaise : parfois, ça retombe sans qu'on sache vraiment pourquoi.

– Alors tu as préféré faire faux bond à ta famille pour rejoindre la mienne ? Tu l'imagines plus solide, plus soudée ?

Il soupira.

– Pour te parler franchement, je suis parti dès que j'ai pu. Depuis hier, nous avons chez nous Anny, la fille du premier mari de ma mère. Elle a mon âge, elle est sympa, mais je ne me sens aucune affinité avec elle. Nous n'avons jamais rien à nous dire.

– La fille du premier ?...

L'inconnue aux cheveux bruns ne devait pas être totalement enfouie dans ma mémoire, car le lien se fit aussitôt.

– Oui, m'expliquait Jonathan, qui pensait que j'avais mal compris. Quand ma mère s'est mariée avec mon père, elle venait de divorcer d'un homme qui avait déjà un enfant. Une petite fille : Anny.

– Je... je croyais que tu n'avais pas de sœur ?

– Anny n'est pas ma sœur, ni même ma demi-sœur. Ce n'est pas la fille de ma mère, mais celle de son ex. On accueille souvent Anny.

Mon cœur battait à coups précipités. Nous étions arrivés sous le saule. Il était complètement dénudé. D'une voix nouée, je lui demandai :

– Elle est brune, n'est-ce pas ? Et cet été, vous étiez à Veynes ensemble ?

Jonathan s'arrêta pour me dévisager. Il me considérait avec une expression ahurie.

– Oui. Mais comment sais-tu ?...

– Elle se trouve en arrière-plan sur la photo que tu m'as envoyée, révélai-je en rougissant.

– C'était donc ça ! s'exclama-t-il.

– Tu es parti en vacances avec elle, non ?

– Mais non, je ne suis pas *parti en vacances avec elle* ! Ma mère l'a inscrite avec moi dans le centre de vacances de son comité d'entreprise, voilà pourquoi nous nous sommes retrouvés à Veynes ensemble !

– J'ai pensé que...

Brusquement, j'eus honte de mes soupçons.

C'est lui qui jugea indispensable de me préciser en souriant de ma frayeur passée :

– Nous ne nous sommes même pas parlé de l'été, Isa ! Elle était toujours avec ses copines. Qu'est-ce que tu as été imaginer ?

Ayant deviné ma jalousie et mes tourments, il hochait la tête, plutôt amusé. Soudain, il fronça les sourcils.

– Au fait… comment as-tu su que c'était Anny ? Il y avait d'autres filles sur cette photo !

Acculée, je finis par avouer :

– Je… eh bien, je t'ai vu avec elle. Le jour de la rentrée.

– Ah oui, je me souviens ! Nous venions d'arriver en car, avec le groupe, dans la nuit. Comme sa rentrée n'avait lieu que le lendemain après-midi, elle a passé la nuit chez nous et m'a accompagné au collège.

Je ne savais plus où me mettre. J'avais baissé la tête car j'étais écarlate. D'une main, il saisit mon bras ; de l'autre, il me prit le visage et m'obligea à le regarder.

– Isa, est-ce que tu te serais fait tout un cinéma ?

– Oui, dis-je dans un souffle. Oui, c'est bien possible. J'ai eu tort... tort de ne pas avoir confiance en toi. Oh, Jonathan !

Je me jetai dans ses bras.

Cette fois-ci il m'embrassa. Vraiment. Longtemps.

Au-dessus de nous, les branches enchevêtrées dessinaient une grande cage ; j'aurais voulu y rester à jamais enfermée.

Quand il s'écarta pour me caresser les cheveux, il s'alarma :

– Tu pleures ? Mais pourquoi ?

Je voulus qu'il m'embrasse encore. Pour le rassurer. C'était sur moi que je pleurais : sur mes silences et mes doutes, sur le temps perdu et gâché, sur ma rancœur refoulée.

Le soir tombait. Un vent froid se leva. Autour de nous les rares passants attardés pressaient le pas. Dans notre ancien appartement, une fenêtre s'éclaira. Pour moi, ce fut comme un signal. Je tressaillis et m'éloignai. Jonathan s'étonna :

– On dirait que tu crains la lumière. Tu préfères l'obscurité ?

Je ne sus que lui répondre.

– Ma grand-mère, me dit-il, ne supportait pas le noir. Dès que le jour faiblissait, elle avait besoin d'allumer des lampes. Toute sa vie, elle a lutté contre la nuit. Un jour, elle m'a confié que seules trois choses l'effrayaient : la maladie, la mort, la séparation. À ses yeux, la nuit devait les résumer.

– La maladie, la mort, la séparation, répétai-je. Ce sont presque des synonymes, tu ne trouves pas ?

– On a tendance à les confondre parce qu'elles se succèdent souvent. Mais parfois, elles se relaient, rôdent autour de toi et te persécutent toute la vie.

Je me demandais où Jonathan allait chercher tout ça. Peut-être dans les pièces de ce théâtre qu'il aimait tant. Ou dans les peurs qu'il avait eues, enfant. Ses réflexions inattendues, son indépendance d'action et d'esprit me séduisaient aussi. Il me paraissait à la fois mûr et naïf, spontané et réfléchi. Il ne pensait et faisait que ce qu'il jugeait juste et bon, sans se soucier du regard des autres.

Au loin, six coups sonnèrent au clocher d'une église invisible.

– Je dois rentrer, dis-je.

– Demain, je ne pourrai pas venir te voir.

– Qu'importe ? Le temps a moins de prise sur nous, à présent.

Nous nous sommes encore embrassés. Et ces baisers, ce Noël-là, étaient le plus beau des cadeaux.

Ce fut un adieu tendre, silencieux et confiant, plein de promesses et de serments.

Chapitre 10

Mis au courant de notre venue, les Gray nous avaient proposé de dormir dans leur appartement : ils étaient partis en province pour les fêtes – et puis, avaient-ils ajouté, nous étions encore presque chez nous puisque nous avions toujours les clés.

Touchés par leur gentillesse, mes parents avaient cependant refusé. Après avoir dîné très tôt chez Constant, nous nous sommes rendus à l'hôtel de la zone commerciale proche. Dans ce supermarché du sommeil, la nuit fut semblable au repas du self : brève, bruyante et inconfortable.

Le lendemain, il pleuvait ; cette banlieue qui autrefois me semblait vivante et familière était aujourd'hui étrangère et morte. Jamais son nom, Deuil, ne me parut plus juste. Nous avons libéré la chambre, rejoint l'immeuble où nous avions vécu. Là, confinés au chaud dans la voiture, nous avons attendu interminablement. Vers onze heures, papa s'est enfin décidé à pénétrer dans l'appartement. Jusqu'à midi, nous sommes restés assis, sans échanger un mot.

Quand Papy est arrivé, il parut surpris de nous découvrir. Il enleva ses lunettes pour essuyer les verres. Lui qui hier était si mal à l'aise quand nous étions dans son pavillon murmurait sans cesse :

– Comme je suis heureux ! Voilà bien longtemps que nous n'avions pas été réunis tous les quatre ici.

En dépit du cadre qui avait changé, il retrouvait une situation familière et se sentait sans doute en confiance. Durant la demi-heure qui suivit, son attention se porta presque exclusivement sur ma mère alors que la veille il ne lui avait posé aucune question. Il s'enquit longuement de ses élèves, ses lectures, son humeur, et surtout sa santé.

Mais il n'adressa quasiment pas la parole à son fils.

Quand il partit après avoir avalé son café, je m'aperçus qu'il ne m'avait pas réclamé de musique.

Pendant le trajet du retour, papa était si abattu que nous n'étions pas assez de deux pour le consoler.

– Et si nous lui disions la vérité ? suggéra maman.

– En lui apprenant que nous le dupons depuis près de quatre mois, pourquoi pas ? ricana tristement mon père.

– Il comprendrait. Il ne t'en voudrait pas. Tout le monde serait soulagé. Il n'est jamais trop tard, Vivien. Nous réfléchirions à une solution avec lui, à tête reposée...

Papa avait le front buté de ceux qui veulent aller au bout de leurs erreurs.

– Non, je ne vois vraiment pas comment revenir en arrière. Ne t'inquiète pas, Marine, ça ira.

***

Deux mois s'écoulèrent.

Maman s'était arrondie. Ni elle ni moi n'étions retournées à Deuil. Comme si papa avait voulu assumer seul les rendez-vous du mercredi. Plusieurs fois, j'avais exprimé le désir de l'accompagner. Mais il n'avait jamais accepté. Dans mon collège, je travaillais le mercredi matin, il n'était pas question que je manque une heure de cours.

Pour les vacances de demi-trimestre, un voyage organisé en Grèce par la prof de français me fit rater une visite de plus à Deuil.

Papy n'était pas le seul à me manquer, j'étais impatiente de revoir Jonathan. Chaque semaine, il m'appelait au téléphone. Mais j'avais l'impression qu'il était un peu comme mon grand-père : paralysé par l'appareil ou inquiet d'être interrompu. Nous ne pouvions jamais entamer une conversation tendre ou intime. Pour ma part, je sentais que mes parents, même occupés, n'étaient jamais très loin.

En revanche, j'avais des lettres. Qui s'achevaient par la formule : « Je t'attends, mon Isa. Je t'embrasse. Très tendrement. »

Bien que je lui réponde irrégulièrement, Jonathan m'écrivait souvent. Je lui avais confié que j'aimais ses lettres. Aussi, il n'en était pas avare, et toutes les occasions lui semblaient bonnes : une heure de permanence, un prof absent, un devoir terminé avec un peu d'avance... Son courrier ressemblait à un vrai journal : il me relatait ce qu'il faisait chaque jour et, quand il m'annonçait : « Hier, lundi, il ne s'est pas passé grand-chose... », je devinais de l'embarras et du dépit entre les lignes qui suivaient.

Il allait voir Constant une ou deux fois par semaine, à la sortie du collège, en fin d'après-midi. Il décrivait sa visite par le menu, énumérant les morceaux qu'ils avaient écoutés, les spectacles ou les anecdotes que Papy lui avait racontés. Il parlait longuement de la santé, l'état et l'humeur de mon grand-père. Il me faisait comprendre qu'il s'affaiblissait, comme si, depuis Noël, quelque chose en lui s'était éteint. Son déclin s'accélérait, telles ces fleurs qui se ferment vite à l'approche de la nuit.

Chaque mercredi, papa prenait le TGV à l'aube. De retour à Lyon, le soir, il rapportait quelques poireaux, un peu de linge sale et trois paquets de copies corrigées.

– Comment va-t-il ? demandait maman.

– Tout doucement. Il me parle beaucoup moins qu'avant. Je crois qu'il a du mal à effectuer le trajet. Pourtant, bien qu'il marche de plus en plus lentement, il est toujours là à midi tapant. À mon avis, il avance l'heure de son déjeuner et part de chez lui une minute plus tôt chaque semaine.

Jusque-là, papa n'avait manqué aucun rendez-vous. Lui qui autrefois déplorait de perdre une demi-heure chaque mercredi, ne se plaignait pas de consacrer une journée par semaine à un voyage de mille kilomètres. Est-ce parce que son nouveau travail à l'université le passionnait ?

En mars, une grève des trains l'obligea à aller à Paris en voiture. J'en profitai pour l'accompagner ; hélas, nous aurions peu de temps et, cette fois, Jonathan et moi ne pourrions pas nous rencontrer. Maman ne risquait pas de quitter Lyon, elle devait accoucher dans un mois.

En arrivant dans l'appartement, nous avons eu une mauvaise surprise : la température était glaciale !

– Bon sang ! s'exclama papa. J'avais oublié. La semaine dernière, les Gray m'ont laissé un message sur le répondeur. Ils partaient en vacances pour quinze jours et allaient éteindre le chauffage. De toute façon, je ne vois pas comment j'aurais pu faire. Je vais allumer la chaudière. Mais le temps que l'eau chauffe et circule dans les radiateurs...

Il n'y avait pas dix degrés dans l'appartement. Et quand Papy arriva, il insista pour enlever son pardessus.

– Oh, je suis habitué au froid ! En 43, pendant la guerre, j'ai connu bien pire ! Je fabriquais des bûches de fortune en tassant du papier mouillé...

– Oui, je sais, dit machinalement papa qui vérifiait si les radiateurs commençaient à chauffer.

– Mais moi, je ne sais pas, dis-je d'une voix ferme. En tassant du papier mouillé ? Explique-moi, Papy.

– La chaudière s'est arrêtée dans la nuit, mentit mon père. Elle a du mal à redémarrer. Viens, allons boire le café chez toi. Il ne faut pas que tu tombes malade. J'en profiterai pour prendre ton linge.

– Mais comment allez-vous faire ici ?

– Oh, ce sera bientôt réparé ! Viens, rhabille-toi vite.

Papy ne redoutait pas le froid pour lui mais pour nous. Il hésitait à partir, comme si sa seule présence avait pu réchauffer l'appartement. Il réfléchit et proposa :

– Si cela se prolongeait, n'hésitez pas à venir habiter au pavillon. Vous dormiriez dans ma chambre, Isa sur le canapé, et moi dans la cuisine, sur mon fauteuil qui peut faire lit. Vous ne me dérangeriez pas...

– Ne t'inquiète pas, ça ira, lui assura mon père.

– Imagine que ça se reproduise. Vous seriez bien obligés de venir chez moi !

– Cela ne se reproduira pas, affirma papa.

***

Mon petit frère, Noé, naquit pendant les vacances de Pâques. C'était un adorable bébé ; mon seul regret fut que nous ne soyons que trois à fêter l'événement. Être fille unique m'avait toujours semblé un handicap. Cela rend, je crois, les contacts avec les autres plus difficiles. Sans frère ni sœur de son âge, on cultive un égoïsme naïf, on apprend moins bien à partager, à se disputer. Mais Noé ne changerait pas grand-chose à ma vie : pour lui, je serais davantage une seconde maman qu'une sœur.

Pendant quinze jours, ce fut l'effervescence à la maison. Je faillis accompagner une fois papa à Deuil, mais c'était le jour où maman sortait de la clinique, il n'était pas question qu'on la laisse seule à la maison.

Papa adressa de jolis faire-part à cent personnes, il prit mille photos du bébé et de maman. Les Gray envoyèrent à Noé une magnifique layette.

Les amis les plus éloignés furent tous mis au courant de l'événement. Le seul à l'ignorer était Papy Constant.

Chapitre 11

Un lundi de mai, papa me prit à part. Il semblait très embarrassé.

– J'ai un service à te demander, Isabelle. Voilà : après-demain, je suis de jury d'examen. Impossible de me défiler. Et je ne vois pas comment maman irait à Paris, avec Noé. Alors, j'ai pensé...

– Bien sûr. Je suis ravie d'aller enfin voir Papy !

– Moi pas. Tu vas effectuer seule l'aller-retour. Je vais vivre dans l'angoisse jusqu'au soir à l'idée de te savoir si loin, sans nous. Tu n'as pas seize ans...

J'ignore pourquoi je choisis ce moment-là pour demander :

– À quel âge est-on adulte, papa ? Et on ne l'est plus à partir de quand ?

Il resta interdit un long moment.

– Comment ? Qu'est-ce que tu veux dire ?

– Que la période où l'on est indépendant et maître de soi me semble incertaine et mouvante. Quand cela commence-t-il ? À dix-huit ans ? Quand on achève ses études ? Quand on gagne sa vie ? Quand on se marie ou quand on quitte ses parents ?

– Je ne comprends pas, Isa... Cela dépend !

– Et à quel âge est-on jugé irresponsable et dépendant ? Quand on se trouve au chômage ? À la retraite ? Malade ? Quand on devient sénile, débile, impotent ?

Papa ne me répondit rien. Il hochait la tête d'un air perplexe et peiné. Il me serra contre lui et me confia le billet de train.

***

Je garde du voyage aller le souvenir d'une véritable euphorie. J'arrivai devant notre ancien immeuble à onze heures moins dix. Jonathan m'attendait sous le saule, comme nous en étions convenus. Il me garda longtemps dans ses bras. L'arbre était d'un joli vert tendre. Ce matin, nous n'avions qu'une heure à passer ensemble. Nous étions tremblants et émus, conscients que le temps nous était compté. Il me confia :

– J'ai l'impression que l'absence et l'attente renforcent les sentiments.

Peut-être. Mais de tels instants, j'aurais donné cher pour les multiplier. Je commençais à comprendre que les moments de bonheur étaient d'autant plus précieux qu'ils étaient rares.

Jonathan me quitta peu avant midi. Je pénétrai dans cet appartement qui avait été le nôtre et qui était aujourd'hui un autre.

Seule ici pour la première fois, j'avais l'impression d'être une intruse. Je ressortis pour attendre Papy. À midi juste, quand sa silhouette familière apparut à l'angle de l'avenue du stade, mon cœur se serra. À lui aussi, le temps était compté. Nous sommes tombés dans les bras l'un de l'autre.

– Je suis si heureux, si heureux de te revoir, ma petite Isa !

– Attends... Mais tu es malade ? Tu as les joues et le nez rouges. As-tu fait venir le médecin ?

– Oh, ce n'est qu'un petit rhume. Rassure-toi, il se termine.

Nous sommes entrés dans l'immeuble bras dessus bras dessous. Une fois dans l'appartement, il a posé son sac de plastique et il est allé s'asseoir au salon ; il était épuisé, autant par le trajet que par l'émotion. Je me suis éclipsée dans la cuisine en m'excusant :

– Je vais préparer ton café...

Catastrophe : la boîte était vide ! Pourquoi papa ne m'avait-il pas prévenue ? Je commençai à fouiller les placards. Ne me voyant pas revenir, Papy vint me rejoindre.

– Tu cherches le café en poudre ? Je crois qu'il y en a ici.

Il ouvrit le placard du vestibule et me désigna une étagère où s'entassaient paquets de pâtes, kilos de sucre et boîtes de café soluble. En posant la tasse sur la table basse, je notai que les tournesols de plastique avaient cédé la place à un bouquet tout frais : une jolie pivoine, trois petites roses de jardin et quelques marguerites. Je me demandai où les Gray avaient pu acheter ou cueillir de telles fleurs.

– Parle-moi de toi, Isabelle ! De tes études. De tes amis. Alors, dis-moi... et Jonathan ?

Interloquée, j'ai balbutié :

– Oh, c'est un bon copain !

Il eut un sourire en coin. Une expression qui signifiait : sur ce sujet, ma belle, j'en sais plus que lui et toi ne l'imaginez.

– Jonathan vient souvent me voir, me confia-t-il avec de la malice dans la voix. Il m'a fait quelques confidences.

– Des confidences ?

– Oui. Sur ses parents, le théâtre, ses projets. Sans qu'il s'en doute, il m'apprend des choses qu'il n'ose pas s'avouer à lui-même.

Jonathan avait-il révélé la vérité à Papy ? Non, c'était impossible, il me l'aurait dit, évidemment.

– Il me parle sans cesse de toi. Tu comptes beaucoup dans sa vie.

– Vraiment ?

J'aurais voulu en savoir plus, ce sujet me touchait de près, mais il m'embarrassait davantage encore. Je voulus détourner la conversation.

– Oh, la vie de Jonathan est bien remplie ! Ses parents, ses études, le théâtre... Nous nous voyons de plus en plus rarement, et j'imagine qu'il rencontre pas mal de gens !

– Sans doute. J'ai pourtant l'impression que c'est toi qui le pousses dans tout ce qu'il entreprend.

– Moi ? Mais...

Je m'interrompis. Un peu plus, et je lui apprenais que j'habitais à cinq cents kilomètres de là.

De toute façon, j'étais de mauvaise foi, puisque Jonathan m'abreuvait de courrier. Je prêchais le faux pour savoir le vrai, comme on dit.

– Vois-tu, Isa, ce qu'on éprouve pour quelqu'un peut devenir un sacré moteur ! Moi, ce n'est pas autrement que je suis devenu souffleur.

– C'est vrai ? Je croyais que le théâtre était une vocation chez toi !

Le regard de Papy se mit à briller.

– Si l'on veut... Figure-toi que j'ai eu un coup de foudre pour une actrice ! Oui, j'étais très amoureux, et je devais avoir seize ans.

– Tu ne m'avais jamais raconté ça.

Il me le raconta...

D'un coup, j'entrai dans la vie intime de mon grand-père. Tout en l'écoutant, je me demandais pourquoi il avait choisi ce jour-là. Sentait-il qu'il n'avait plus très longtemps à vivre ? Me jugeait-il assez mûre pour accueillir de telles confidences ? En fait, cela faisait près d'un an que je ne m'étais pas trouvée seule en tête à tête avec lui !

Alors qu'il décrivait celle qu'il avait aimée, ma propre grand-mère que je n'avais jamais connue, il affichait un regard de plus en plus trouble et ému. Bientôt, des larmes claires et tranquilles se mirent à couler sous les verres de ses lunettes ; il essuyait les unes et les autres sans pudeur ni hâte, comme s'il avait eu, solitaire, l'habitude de débarbouiller ainsi son chagrin.

Il avait vécu avec Lucie vingt années de bonheur parfait, il ne s'était jamais remis de son décès.

Son chagrin intense et rétrospectif m'impressionnait. Le temps, affirme-t-on, finit par refermer les plaies. Sur Papy, il avait fait l'office d'un rideau qu'il avait soigneusement tiré et qu'il devait ouvrir de temps à autre, à des moments opportuns et secrets. Moments où sa peine réapparaissait, plus vive et neuve que jamais, aiguisée, semblait-il, par des regrets qu'il cultivait.

Ces années de théâtre ambulant, de tournées et – faute de gloire – de petits succès, je les connaissais par cœur. Papy n'était pas avare en anecdotes sur Mamy Lucie et lui. Mais ce que j'avais ignoré, c'étaient les circonstances de leur rencontre et la période de leurs amours clandestines. En ce temps-là, les actrices passaient pour des femmes légères. À seize ans, tenu en main par des parents intransigeants et conformistes, Papy avait dû ruser pour la fréquenter, la séduire, l'épouser. Il me faisait entrer dans sa passion adolescente, m'ouvrait un univers confidentiel et insoupçonné.

– Ah, ta grand-mère ! ne cessait-il de murmurer avec un regard humide et lointain.

À force d'entendre Papy parler d'elle, Mamy Lucie avait fini par prendre vie. Il y a, comme ça, des gens qui semblent plus présents disparus que vivants : Schubert ou Rimbaud, par exemple. À leur époque, ils ne laissent pas plus de traces qu'une étoile filante, à peine ont-ils vécu qu'ils s'éteignent... Mais, grâce à une action dont on ne prend la vraie mesure que bien après, leur éclat est mille fois plus fort dans notre mémoire que durant leur vie.

Or, Mamy Lucie n'était ni Schubert, ni Rimbaud. Mais comme son existence étonnante et dense avait été trop courte, Papy, en la ranimant, la magnifiait. Le tableau qu'il dressait était sûrement plus beau que la réalité.

Il eut un étrange sanglot sans larmes. Peut-être parce qu'il avait déjà tout pleuré. Je risquai maladroitement :

– Tu ne devrais pas être triste en pensant à ces années de bonheur passé !

– Oui : passé ! répéta-t-il rudement. C'est cela qui fait mal. Vois-tu, Isa, si le souvenir de la douleur reste de la douleur, le souvenir du bonheur, ce n'est plus du bonheur.

J'étais désarçonnée. Je découvrais que Papy nous avait peut-être trompés : en évoquant ses souvenirs, il réveillait de vieilles joies dont l'écho le rendait secrètement malheureux.

Cet après-midi-là, il se confia si longtemps que je redoutai de rater mon train. Je m'exclamai tout à coup :

– Mais... il est trois heures de l'après-midi !

– Ah bon ? C'est vrai, tu n'as pas déjeuné. Tu as faim, je suppose ?

– Pas du tout. Je vais me préparer un chocolat. Je te refais un café ?

– Non. Je boirais volontiers un jus de fruit. Tu devrais trouver une bouteille de pamplemousse, au frigo.

Il avait raison. Quand je revins m'asseoir auprès de lui, il me saisit la main avec fièvre.

– Si je t'ennuie, il faut me le dire, Isabelle ! Tu as d'autres choses à faire aujourd'hui ?

– Non. Je suis venue exprès pour toi, mais Jonathan...

Je me mordis la langue. Je faillis lui avouer que nous avions rendez-vous à la gare, une heure avant le départ de mon train.

– Je suis si content de t'avoir parlé. Tu auras embelli ma journée. Élargi mon horizon.

C'était si grandiloquent que je ris. Contrarié, il renchérit :

– Mais c'est vrai ! Il arrive un âge, Isabelle, où la vie rétrécit.

Il désigna la salle de séjour.

– Au début de ma retraite, me confia-t-il, je n'hésitais pas à voyager, je me déplaçais pour rendre visite à mes amis, j'allais au cinéma ou au supermarché. Au fil du temps, la fatigue aidant, mon univers s'est réduit. Aujourd'hui, mes amis sont tous morts, je ne quitte plus Deuil-la-Barre. S'il y a un spectacle exceptionnel, je n'ai ni le courage ni l'envie d'aller y assister. Vieillir, c'est voir autour de soi l'espace se ratatiner...

J'avais bien remarqué que le champ d'action de Papy se limitait. Il économisait ses pas et ses forces, dressait longtemps à l'avance la liste de ses courses, laissait Mme Lahout s'occuper des bouteilles et des conserves – et il achetait son pain pour trois jours, profitant du mercredi, car la boulangerie se trouvait sur son trajet du retour. Peu à peu, il s'était dessaisi d'objets qu'il jugeait encombrants ou inutiles : bibelots, livres, vaisselle... On eût dit qu'il ne voulait plus garder que l'essentiel.

– Chercher les mots m'épuise ; alors, je finis par employer les mêmes. L'actualité me semble un éternel recommencement, je n'ai plus l'envie ni le courage de réfléchir : je m'en tiens à mes vieilles analyses de la marche du monde, comme s'il s'agissait d'une recette éprouvée. C'est peut-être aussi cela, vieillir : perdre la curiosité.

– C'est faux, Papy. Je te trouve si optimiste, si gaillard !

– En somme, conclut-il dans un rire d'autodérision, je m'économise, comme une chandelle. Et quand on ne peut rien faire sinon se reposer et laisser le temps s'écouler, on préfère regarder en arrière...

Je l'avais rarement senti aussi morose et découragé.

– Alors on passe ses souvenirs en revue comme on consulte un vieil album. Mais, si on le feuillette seul, on déprime, il est moins douloureux de le faire à deux ! Voilà pourquoi je radote un peu.

– Tu ne radotes pas, Papy.

– Cela te paraît possible d'imaginer que j'ai été un jeune homme ?

– Oui. Enfin... je crois que je peux.

Difficile en effet de penser qu'il avait eu un jour mon âge ! À mes yeux, Papy avait toujours été vieux. Comme s'il avait deviné mes réticences, il poursuivit :

– Eh bien, cela me paraît tout aussi étrange d'avoir vieilli. Car dans ma tête je suis resté le même.

– Le même qu'avant ? Que veux-tu dire ?

Il réfléchit quelques instants et reprit :

– Je porte en moi tous les âges que j'ai eus, Isa : quinze, trente, cinquante ans. Je suis la somme de tous ces individus. Pourtant, je suis, en fin de course, le seul qui reste en vie aujourd'hui, vois-tu ?

Je voyais très bien. Sur sa lancée, il poursuivit :

– La vie est une sorte de montagne. Quand tu es jeune, tu n'en vois pas le sommet. Il te semble lointain, inaccessible. Quant à la mort, elle n'existe pas non plus ; même si tu la côtoies parfois, elle est une idée abstraite, une vue de l'esprit. Et puis, d'un coup, tu sais que le sommet a été franchi.

– Le sommet ?

– Oui. Un jour, tu te rends compte que tu dégringoles, tu te trouves désormais sur l'autre pente. Le sommet, tu n'en prends conscience qu'après l'avoir dépassé. Quand tu es de l'autre côté de ta vie.

– L'autre côté de la vie, répétai-je.

Papy partait à la recherche de métaphores oubliées.

– Pendant des années, continua-t-il, tu regardes devant toi, tu construis. Tu étudies, exerces un métier, te maries... L'avenir que tu te bâtis paraît sans cesse reculer. Et un jour, tu t'aperçois que tes projets sont réalisés. Ou désormais inaccessibles.

– Un jour, mais quel jour exactement ?

– Je suppose que cela dépend ! Pour certains, c'est à leur retraite. Pour d'autres, quand ils voient partir leurs enfants. Pour moi, c'est peut-être arrivé quand ma Lucie est morte.

Cela faisait donc très, très longtemps.

– À ce moment-là, tu sais que la vie te réserve encore des déboires, des joies, des surprises. Mais au lieu de t'en croire le maître, tu en deviens le jouet. Alors, tu commences à redouter cet avenir qui se réduit sans cesse. Alors, tu luttes contre l'envie de t'arrêter, tu as de plus en plus tendance à te retourner.

Il s'interrompit pour se moucher.

– Tu devrais nous mettre un peu de musique...

J'avais pris mes précautions et emporté un CD acheté la veille : un quatuor pour flûte et cordes que Papy ne connaissait peut-être pas. En ouvrant le grand buffet du séjour, je notai que la rangée des disques compacts avait grossi. Il y avait là beaucoup de classique à présent. Surtout du Mozart. Et des enregistrements rares ! Par exemple ce double album. C'est lui que je choisis finalement de lui faire entendre.

– *La Finta semplice !* s'écria-t-il aussitôt. Sais-tu que Mozart a composé cet opéra à douze ans ?

Nous avons écouté le début. À quatre heures, c'est moi qui dus le convaincre qu'il fallait partir. Mais il ne fit pas mine de se lever.

– Tu ne m'as pas dit comment allaient tes parents ?

– Oh, très bien !

– Le travail de Vivien ? Et Marine ? Oui, parle-moi de ta maman.

– Que veux-tu que je te dise ? répondis-je en rougissant.

J'avais peur de commettre un impair. De parler de mon petit frère. J'étais navrée de lui taire les mille et une nouvelles que je brûlais de lui faire partager. J'étais malheureuse, impuissante.

– Dommage, soupira-t-il dans le silence qui persistait. Je me fais du souci pour eux. Heureusement que tu es là, Isabelle. Ah, les cerises ! fit-il en ramassant son sac en plastique près du fauteuil. N'oublie surtout pas de les emporter.

Les emporter ? Alors que j'étais censée habiter ici ?

– Bien sûr, ajouta-t-il, il y en a peu, et elles ne sont pas très mûres. Mais c'était aujourd'hui ou jamais. Cette année, les merles n'en ont pas laissé beaucoup.

– C'est toi qui les as cueillies ?

– Non, c'est Jonathan. Et hier, Mme Lahout.

Je voulus le raccompagner jusqu'au pavillon, mais il refusa. Il exigea même que je reste dans l'appartement, sans doute pour que je ne le voie pas marcher trop lentement sur l'avenue. Le cœur serré, je le guettai par la fenêtre jusqu'à ce qu'il disparût à l'angle de notre immeuble. Je me dis, mais je me le disais souvent : c'est peut-être la dernière fois que je le vois vivant...

En remettant un peu d'ordre dans la cuisine et le séjour, je notai qu'il ne m'avait pas parlé de ses vertèbres. S'il pouvait s'exprimer, il ne songeait plus à se plaindre. Évoquer sa santé était peut-être le sujet de conversation désespéré, le dernier moyen de se valoriser quand on ne voulait pas l'écouter.

Quand je retrouvai Jonathan à la gare, je lui révélai la cause de mon retard. Pour en avoir le cœur net, je lui demandai s'il avait avoué à Papy que nous avions déménagé. Il se récria :

– Bien sûr que non ! D'ailleurs, quand je vais le voir, il ne me pose pas de questions. Il me parle un peu de Mozart. Et de toi... beaucoup.

Ainsi, je tenais dans la vie de mon grand-père une place plus grande que je ne le croyais. J'étais vaguement inquiète, son attitude m'avait laissé des doutes. Je murmurai :

– À mon avis, il a compris, il sait tout.

– Peut-être, confirma Jonathan.

Il se pencha vers moi pour ajouter dans le creux de mon oreille :

– En tout cas, j'en suis certain, il a compris que je t'aime.

Chapitre 12

C'est en juin qu'eut lieu un nouveau déménagement : deux mois auparavant, mes parents avaient enfin trouvé l'appartement de leurs rêves. À la périphérie de la ville. Non pas quatre, mais cinq pièces, dans un vieil immeuble un peu isolé et dont l'immense séjour donnait sur la vallée du Rhône. Une fois de plus, nous avons dû camper et partager notre temps entre les deux domiciles. Au collège, les cours avaient pris un rythme nettement plus lent. Je venais d'apprendre que je passais en seconde.

– Demain, me dit papa un soir, ta mère et moi allons à Deuil en train. Voilà si longtemps que Papy n'a pas vu Marine !

J'étais ravie de rester avec Noé. Mais le soir, ses cris insistants nous alertèrent. Maman prit sa température. Il avait un peu moins de trente-huit. Pas assez, jugea-t-elle, pour appeler le médecin. La nuit du bébé fut agitée. Le lendemain à l'aube, il avait près de quarante.

– J'espère que ce n'est pas grave, dit ma mère. Mais il n'est pas question que je m'éloigne, je vais faire venir le docteur. Pars, Vivien ! Et toi, Isabelle, va à Deuil à ma place.

Nous avons filé en vitesse et attrapé de justesse le train de huit heures. Ce jour-là, malgré l'été approchant, le ciel était gris et plombé. Pendant le trajet, je demandai le portable de mon père pour appeler Jonathan.

– Le portable ?... Ah, ce n'est pas vrai !

Dans la précipitation du départ, il l'avait oublié à la maison.

Dès notre arrivée à Paris, gare de Lyon, nous avons appelé maman d'une cabine. Elle nous a rassurés :

– Une simple rhinopharyngite ! Sa température a déjà baissé. Notre nouvelle voisine a eu la gentillesse d'aller chercher les médicaments.

J'en profitai pour appeler Jonathan. Je tombai sur le répondeur. Je lui laissai un bref message l'informant de ma venue inopinée à Deuil.

Pourrions-nous nous voir avant seize heures ? J'avais peu d'espoir, nous avions nos places réservées dans le train du soir.

***

En arrivant dans l'appartement de Deuil, nous étions détendus et soulagés. Jusqu'à ce que, au-dehors, des sirènes se mettent à hurler. Je sursautai ; un terrible pressentiment m'assaillit.

– Normal, dit mon père, c'est le premier mercredi du mois. Et il est midi.

Oui, il était midi. Et Papy n'était pas là.

Cinq minutes plus tard, la même sirène a hurlé. Nous nous sommes risqués à l'extérieur. Désemparés, nous avons rejoint l'ombre du saule, guettant Papy Constant, dont la silhouette familière allait d'un instant à l'autre surgir à l'angle de la rue.

Forcément.

Mais il n'apparaissait pas.

Devant cette situation inédite, nous ne savions plus que faire ni comment réagir. Je me souviens d'avoir regardé le ciel, où couraient de gros nuages blancs.

Je sus à ce moment-là que Papy serait toujours absent.

– J'y vais, dis-je soudain à mon père en m'élançant vers le pavillon.

– Isabelle ? Non, attends. Revenons dans l'appartement. Je vais l'appeler. Ce sera plus rapide.

Il était en train de composer le numéro quand une clé joua dans la serrure.

Le combiné en main, mon père se figea.

Et M. Gray entra.

– Ah, enfin vous êtes là ! dit-il en nous serrant vivement les mains. Quand avez-vous eu mon message ?

– Quel message ? demanda papa, devenu blême.

– Nous avons tenté de vous joindre au téléphone hier soir, intervint Mme Gray qui entrait à son tour. Nous avons fini par trouver le numéro de vos anciens voisins, à Lyon ; ils ne connaissaient pas votre nouvelle adresse. Alors nous vous avons envoyé un télégramme ce matin, avec l'espoir que la poste le ferait suivre à l'endroit où vous habitez sans doute depuis peu.

– Vous avez déménagé, n'est-ce pas ? reprit M. Gray.

– Je... oui. Il y a trois jours. Nous aurions dû vous avertir. Nous n'avons eu ni message ni télégramme. Qu'est-il arrivé à mon père ? Il est malade ? À l'hôpital ?

M. Gray toussota et baissa les yeux, très embarrassé.

– Mais non. Vous n'avez pas compris que... votre papa est mort ?

– Papa est mort ? fit en écho mon père sans y croire.

Il était là, dans le vestibule, pétrifié, la bouche ouverte. J'aurais préféré qu'il s'effondre et se mette à pleurer. Pleurer... c'était ce que je faisais, je m'en rendis compte. Cette nouvelle me prenait de court mais ne me surprenait pas vraiment, je m'y étais préparée depuis longtemps. Ma peine était vive mais sereine.

– Venez, dit M. Gray en prenant mon père par les épaules. Entrez et asseyez-vous. Odette, tu lui servirais un petit remontant ?

– Papa est mort, répétait mon père, le regard perdu, en s'asseyant.

– Oui. Il devait passer nous voir hier après-midi.

Papy devait *passer les voir* ? Cet aveu inattendu réveilla mes soupçons. Papa, lui, ne réagissait pas. M. Gray continua :

– Comme il tardait à venir, je suis allé jusqu'au pavillon. Il n'ouvrait pas, alors je suis entré.

– Vous êtes entré ? Mais comment ?

– Oh, dit Mme Gray, il nous avait confié ses clés depuis plusieurs mois.

– Je l'ai trouvé sur son lit. Il semblait dormir. Son médecin, que j'ai aussitôt appelé, m'a affirmé qu'il était décédé dans la nuit de lundi à mardi. Il ne s'est sans doute rendu compte de rien.

Plus que l'annonce de cet événement, la détresse de mon père me faisait mal. Il demanda d'une voix blanche :

– Où est-il ?

– Tout près d'ici, au funérarium de Villetaneuse, où nous l'avons fait transporter.

Papa se leva d'un bond. M. Gray l'obligea à se rasseoir.

– Calmez-vous. Nous irons tout à l'heure. Ce n'est pas urgent.

– Il n'y a plus rien à faire à présent, confirma son épouse.

Elle pleurait. Mais, à l'image du mien, c'était un chagrin paisible ; il ne devenait douloureux que lorsque son regard s'attardait sur mon père. Elle dit d'une voix très douce :

– Nous aimions beaucoup votre papa. C'était un homme exceptionnel.

Le bruit d'un sanglot l'arrêta. Celle qui sanglotait, c'était moi.

– D'une gentillesse... et si gai ! affirma presque jovialement son époux. Sa culture était extraordinaire ! Ah, combien d'heures il a passées ici, à nous raconter ses voyages, ses tournées, ses souvenirs de théâtre... Savez-vous que, dans les années soixante, nous nous sommes croisés sans le savoir ? Eh oui : quand Odette et moi étions adolescents, nous allions souvent à la Comédie-Française !

À l'évocation de ce souvenir, M. Gray redevint souriant. Son épouse crut bon d'expliquer :

– Nos parents nous avaient abonnés aux matinées classiques. C'est d'ailleurs ainsi que Louis et moi avons fait connaissance. Tandis que nous étions assis côte à côte dans la salle, c'est votre grand-père qui se trouvait dans la fosse du souffleur !

– Il nous a parlé de son ami Robert Hirsch, que nous admirions tant.

Papa restait abasourdi. Je me demandai si nos hôtes ne l'assaillaient pas de paroles pour lui éviter de trop réfléchir.

– Mais si, voyons, insista M. Gray : Robert Hirsch ! Dans l'adaptation de *Crime et Châtiment*, cet acteur était un Raskolnikoff extraordinaire !

– Oui, c'est bien possible, bredouilla mon père.

Malgré moi, je songeai à Jonathan. Jonathan savait qui était Robert Hirsch. Et il connaissait sûrement *Crime et Châtiment*.

– Quand on pense qu'il a fait répéter Jeanne Moreau, quand elle était au Français dans les années cinquante !

– Je l'ignorais, avoua papa.

À moins qu'il ne l'eût autrefois appris, et oublié.

– Il a aussi côtoyé Paul Claudel ! Et Henry de Montherlant !

– Sans parler du chef de l'orchestre du Théâtre français. Vous savez bien, André Jolivet, qui est devenu un grand compositeur ! Il a dû forcément vous en parler.

Sûrement pas, à en juger par la tête de papa.

– Constant nous a offert deux de ses disques. Je vais vous montrer.

Tandis que Mme Gray fouillait dans le buffet en merisier, son mari poursuivait :

– Il nous a également raconté comment il a dîné, un soir, à Londres, après une représentation au théâtre St James, avec Laurence Olivier.

– Le 4 mai 1953 ! précisa Mme Gray sans se retourner.

Elle sortit plusieurs CD du meuble et déclara, émue :

– Il connaissait si bien la musique classique ! Il avait des connaissances encyclopédiques. Et une oreille ! Bien sûr, il fallait monter le son...

– Il nous a appris à aimer Mozart. Ah : Mozart ! lança M. Gray d'une voix rêveuse. Sans Constant, nous aurions toujours ignoré que c'était un compositeur immense. Jusque-là, nous jugions sa musique agréable, sans plus... Et quand il nous a fait découvrir Cherbourg, tu te souviens, Odette ?

– Il vous a emmenés à Cherbourg ? fit papa, interdit.

– Nous avons été y passer plusieurs dimanches cette année, annonça Mme Gray.

– Il nous a montré sa maison natale, les vieux quartiers, l'arsenal, le port. Il nous a raconté son enfance. Ah, quel homme ! Quelle mémoire !

– Louis ? Calme-toi un peu, s'il te plaît.

Il se tut car papa sanglotait. Il s'assit, lui entoura les épaules.

– Allons, n'ayez pas trop de peine. Constant n'a pas souffert. Il avait quatre-vingt-douze ans et encore toute sa tête. Beaucoup aimeraient partir ainsi, à cet âge, en dormant. Mademoiselle ? me demanda-t-il alors que je levais la main. Vous avez besoin de quelque chose ?

Oui : poser la question que papa voulait peut-être éviter.

– J'aimerais savoir... comment a-t-il deviné que nous n'habitions plus l'appartement ?

– Il l'a appris par hasard, dit Mme Gray en soupirant. Un matin de janvier, notre voisine de palier l'a croisé alors qu'il revenait de sa supérette. Sans malice, elle lui a demandé si vous vous plaisiez à Lyon.

– La voisine ? s'étonna mon père entre deux hoquets. Mais nous la connaissions à peine ! Et nous ne lui avions jamais dit où nous allions !

– Vous non, répondit M. Gray. Mais, depuis six mois, elle a eu vingt fois l'occasion de nous poser la question. Nous ne pouvions pas élargir à tout le quartier votre consigne de discrétion !

– D'une façon ou d'une autre, Constant aurait découvert la vérité, enchaîna sa femme. Il est venu sonner à notre porte le soir même. Quand nous avons ouvert, nous avons aussitôt su que c'était lui.

– Lui aussi a compris tout de suite. Cela lui a fait un choc terrible ! Tu te rappelles, Odette, comme il a pleuré ?

– Tais-toi, Louis. Ce garçon a déjà assez de peine.

– Il est resté très tard. Jusqu'à minuit, je crois. Nous l'avons raccompagné jusqu'à son pavillon. Il a voulu que nous goûtions à sa liqueur de cassis. Et il nous a donné des poireaux.

Mon père se moucha bruyamment. Le regard dans le vide, il retournait un problème insoluble, bredouillait :

– Pourquoi... mais pourquoi ne m'a-t-il rien dit ? Et vous... pourquoi ne m'avez-vous pas prévenu ?

– Oh, c'est lui ! dit vivement Mme Gray. C'est lui qui nous a priés de ne pas toucher à ce que vous aviez prévu : vous rencontrer ici, chaque mercredi, à midi !

Pour rompre le silence dangereux qui s'établissait, elle risqua :

– Peut-être avait-il peur que vous changiez vos habitudes ? Peut-être craignait-il de vous faire de la peine en vous révélant qu'il savait tout ?

Papa faisait non de la tête.

– Avec nous, se justifia-t-il, avec moi, il était... si semblable à lui-même ! Il ressassait les mêmes souvenirs.

– En une demi-heure, comment faire autrement ? murmura Mme Gray. On redoute les entorses au rituel, on s'accroche aux banalités qui rassurent.

– Je veux aller le voir. Si, si... Ça va aller.

Papa se leva, se jeta dans mes bras. Cela lui faisait du bien, de pleurer. Et nous n'étions pas trop de deux pour porter son chagrin. Nos hôtes s'habillèrent pour nous accompagner ; avant de quitter l'appartement, Mme Gray sortit du vase un gros bouquet de lupins, qu'elle enveloppa à la hâte.

– Ce sont les dernières fleurs qu'il nous avait données. Emportez-les, Mademoiselle. Pour le funérarium... pour lui, vous comprenez ?

– Il faut que vous repreniez ceci, dit M. Gray en tendant quelque chose à mon père. Ce sont les clés de son pavillon. Et de votre côté, est-ce que ?...

Il hésitait à achever cette question dont mon père ne devinait pas la suite. C'est moi qui lui ai suggéré :

– Papa ? Je pense que tu devrais rendre les clés de cet appartement.

Chapitre 13

Le passage au funérarium m'impressionna moins que je le redoutais. Je n'avais encore jamais vu de mort. Mais Papy, dans son cercueil capitonné, semblait paisible, presque souriant. Je lisais sous l'expression de ses lèvres blanches et pincées : Eh bien voilà, tout est en ordre, j'ai fini par déserter. Je sais que je vous ai joué un petit tour – mais après tout, il n'est pas si méchant. Moins que celui que vous m'avez joué pendant près d'un an. Et puis je vais retrouver ma Lucie au cimetière de Deuil.

Le plus difficile à gérer, ce fut le chagrin de mon père. Un chagrin si brutal et déroutant qu'il faillit éclipser le mien : le meilleur moyen de limiter ses propres pleurs, c'est quand on doit consoler quelqu'un. Très gentiment, les Gray m'y aidèrent. Puis ils nous firent leurs adieux.

Restée seule avec mon père, je compris que le plus dur restait à faire : retrouver le pavillon.

La chambre et le salon étaient parfaitement en ordre. Dans le silence inhabituel du logis vide, des gazouillis joyeux jaillirent.

– Le canari, murmura papa.

Sa cage était posée près de la fenêtre donnant sur le jardin.

En voyant des étrangers s'approcher, l'oiseau se tut, inquiet. Puis il s'aplatit de peur sur son perchoir.

Il fallut l'emporter.

Nous sommes repartis à pied vers la gare. À travers les nuages, le soleil apparut enfin. Et le canari se mit à chanter.

Ses piaillements étaient innocents et joyeux ; les larmes de mon père étaient lourdes et amères. D'une voix défaite, il suppliait l'oiseau de se taire. Le canari était jeune. Je savais qu'il vivrait longtemps.

***

Le soir même, je reçus un long, un très long coup de téléphone de Jonathan. Il revenait du pavillon. Il s'était rendu chez les Gray, qui lui avaient appris le décès de Papy Constant. Au bout du fil, il reniflait et racontait, à travers son chagrin tranquille :

– J'étais passé le voir dimanche. Il allait bien, il était content. Nous avons écouté de la musique… et parlé de toi, forcément.

Je ne sais pas ce qui me faisait le plus de bien : savoir que Papy, avant de mourir, avait passé de si bons moments, ou entendre Jonathan me le dire. Nous avons fini par raccrocher, nous ravivions notre peine en essayant de la tarir. Et puis nous devions nous revoir dans très peu de temps : trois jours. Pour l'enterrement.

***

Par la suite, à Lyon, la vie reprit son cours.

Sans le savoir, Noé nous aida à passer ce cap difficile. Pour assumer la mort de Constant, mon père avait besoin des vivants. Vivant, le bébé l'était davantage que chacun d'entre nous, assurément.

Pourtant, rien n'était plus comme avant. Par exemple, papa avait beaucoup de mal à entendre de la musique classique. Surtout Mozart. Un soir, alors que j'écoutais un disque en travaillant, il fit irruption dans ma chambre.

– Cet air, qu'est-ce que c'est ? me demanda-t-il en pâlissant.

– Le final de l'opéra *Don Juan*.

– S'il te plaît, Isa, mets autre chose.

***

Les vacances de cette année-là furent éprouvantes. Nous n'avons pas quitté Lyon. Il y avait tant à faire, dans notre nouvel appartement ! Avec le bébé et la canicule qui s'était installée, maman avait refusé de bouger.

Jonathan vint nous rendre visite, une petite semaine, en juillet. Pour moi, ce fut une parenthèse salutaire. Une grande bouffée de bonheur dans cet été étouffant. Puis en août, comme l'année précédente, il repartit en stage d'alpinisme dans les Hautes-Alpes.

– Cette fois, j'y vais sans Anny, s'était-il empressé de me préciser.

Mais Anny ne me faisait plus peur. J'étais mûre pour d'autres hantises.

***

La fin de l'été fut triste.

Juste avant la rentrée, j'ai décrété :

– Je veux retourner à Deuil. De temps en temps.

– Deuil, a répété mon père en soupirant.

J'ai enfin parlé de Jonathan, expliqué que je voulais le revoir. Souvent.

– Et puis il faudrait s'occuper du pavillon, a appuyé ma mère. Le vider. Le louer. Ou le vendre à ce promoteur qui nous en propose un si bon prix.

Nous sommes allés y habiter quelques jours. Cela a été moins dur que je ne l'avais craint. Peut-être parce que papa a découvert la photo de Noé dans la table de nuit du grand-père.

– Même pour le bébé, il savait ! s'est-il écrié. Mais qui ?...

Nous sommes retournés voir les Gray, qui ont très vite déduit :

– Vous nous aviez envoyé un faire-part de naissance ! Nous avons dû le laisser traîner sur la table basse du salon...

– ... et votre père est venu. À mon avis, il est tombé par hasard sur ce courrier. Nous pensions avoir égaré la photo du bébé, mais c'est lui qui a dû la prendre !

– Il a bien fait... ah, il a bien fait, ne cessait de murmurer mon père.

Papy avait donc menti, lui aussi.

Après tout, c'était de bonne guerre.

Le même soir, les Gray nous ont invités à dîner. Ils se sont extasiés devant le bébé. Il a beaucoup été question de Constant.

Quant à mon père, il n'a presque pas pleuré. Ou plutôt, son chagrin était un peu moins violent.

***

Cette année-là, nous sommes souvent revenus à Deuil.

Papa ne cessait d'interroger les Gray sur les confidences que Papy leur avait faites. Il a également invité Jonathan à Lyon. Il a apprécié, je crois, sa discrétion, sa gentillesse. Et la qualité de sa mémoire, quand il rapportait fidèlement ce que Papy lui avait raconté.

Peu à peu, mon père s'est apaisé, adouci. Il est devenu moins nerveux. Et indulgent, petit à petit.

***

Au printemps suivant, je suis retournée seule à Deuil, en train. Le pavillon avait été vendu. À sa place, j'ai trouvé un grand chantier. Là allait bientôt s'élever une petite résidence de standing.

J'avais donné rendez-vous à Jonathan près de notre ancien immeuble, sous le saule. Mais voilà : l'arbre n'existait plus. Trop vieux, il menaçait de tomber, il devenait dangereux ; la municipalité l'avait abattu. Cela m'a fait un choc quand j'ai aperçu ce vide. Je me suis sentie perdue, orpheline. Je ne savais où aller.

Heureusement, très vite, une main familière m'a pris la taille.

C'était Jonathan. Je me suis consolée dans ses bras.

– Moi, répétait-il en me serrant contre lui, je suis là. Je suis toujours là. Et je t'aime.

– Moi aussi, Jonathan, je t'aime. Beaucoup. Oui : de plus en plus.

– S'aimer, ce n'est pas s'aimer beaucoup, mais longtemps.

Nous sommes restés l'un contre l'autre, sous le soleil qui devenait ardent. Je lui ai désigné l'énorme cicatrice qui trouait l'asphalte. La mort dans l'âme, j'ai murmuré :

– Notre saule... tu te souviens ? Crois-tu que la municipalité va planter quelque chose au même endroit ?

– Non. Vois-tu, là où un arbre est mort, un autre ne repousse pas.

Dans la même collection

Gilly, grave amoureuse, 13 ans, presque 14...
de Claire Robertson

Les larmes de l'assassin
de Anne-Laure Bondoux

Cherry, ses amis, ses amours, ses embrouilles
de Echo Freer

Quand j'aurai 20 ans
de Jacques Delval

Ciel jaune
de Marie-Hélène Delval

Accroche-toi, Sam !
de Margaret Bechard

Cet ouvrage a été composé et mis en pages
par DV Arts Graphiques à Chartres

Impression réalisée sur CAMERON par

BRODARD & TAUPIN

GROUPE CPI

La Flèche

pour le compte des Éditions Bayard
en mars 2004

Imprimé en France
Dépôt légal : mars 2004
N° d'impression : 18546